10,000 Lettres d'impression pour **1** centime.

BIBLIOTHÈQUE POUR TOUS

ILLUSTRÉE

ROMANS, HISTOIRE, VOYAGES, LITTÉRATURE, SCIENCES, ETC.

CHAQUE OUVRAGE COMPLET : **50** CENTIMES.

LES
DEUX MARTYRS

PAR

FULGENCE GIRARD

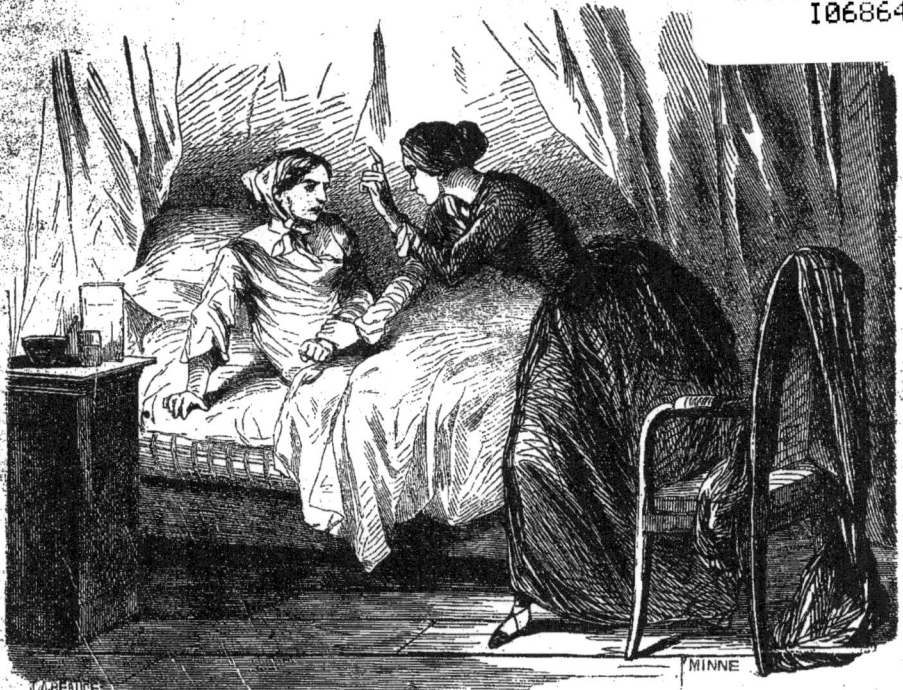

Prix : 50 centimes

60 CENTIMES POUR LES DÉPARTEMENTS ET L'ÉTRANGER.

PARIS

LÉCRIVAIN ET TOUBON, LIBRAIRES, RUE DU PONT-DE-LODI, 5

ET CHEZ TOUS LES LI AIRES DE PARIS, DES DÉPARTEMENTS ET DE L'ÉTRANGER.

N° 165. — Publié par l   .

PARIS, LÉCRIVAIN ET TOUBON, RUE DU PONT-DE-LODI, 5

BIBLIOTHÈQUE POUR TOUS

PUBLIÉE PAR J. LEMER

LES

DEUX MARTYRS

PAR FULGENCE GIRARD

A MADAME

ROSE DESCHAMPS DU MANOIR

MA SŒUR ET MON AMIE

C'est à une préoccupation de perfectionnement organisateur que je dois l'idée de ce livre, qui n'est ni pour ni contre le divorce.

P.-L. Jacob, bibliophile.

Rose, je t'offre ce livre comme un gage de notre bonne et chère amitié !

LES DEUX MARTYRS

Toi, ma sœur, qui comme moi, n'eus, enfant, sous les yeux, que ces exemples d'amour et de vertu, — de bonheur intime, — que je devais retrouver plus tard dans ta vie d'épouse et de mère, tu comprendrais difficilement les pensées que j'ai répandues dans cet ouvrage, si je ne te fais passer par les initiations lentes qui me les ont révélées.

Pourrais-je les comprendre moi-même, si je n'étais sorti du monde où tu vis, de ce monde de mes premières années, auquel le soleil de la religion avait conservé son ciel d'azur et son sol de gazons verts; si je ne l'avais quitté pour entrer dans une société où le souffle flétrissant de l'impiété et de l'égoïsme a flétri toute tendre fleur, a éteint toute sainte flamme ?

Non, sans doute !

Or, voici :

La première impression que je ressentis en commençant la vie nouvelle qu'ouvrit pour moi le séjour des grandes villes, fut un mouvement de surprise et de plaisir. Je ne vis et n'entendis d'abord que la vie extérieure ; je ne vis que soie, diamants et dentelles ; je n'entendis que joyeux accords et douces paroles.

La seconde fut un sentiment d'aversion et de dégoût. J'avais soulevé ces satins et ces velours ; j'avais sondé cette gaîté, et j'avais découvert ce que cachait de misère cette joie apparente, ce que voilaient de corruption ces riches atours.

La troisième impression fut une profonde pitié !... C'est que, vois-tu, ma Rose, j'avais longuement réfléchi sur cette démoralisation qui m'avait d'abord flétri l'âme ; et au lieu du vice et du crime, je n'avais trouvé dans tout cela qu'un grand et bien déplorable malheur.

C'est alors que je fis mon livre.

Car, après cet éblouissement dont le premier rayonnement du monde emplit les yeux, je compris qu'il était urgent de combattre cette crise de dissolution où se débattait l'ordre social, la désorganisation qui gagnait tous ses éléments, l'immoralité qui s'attachait à toutes ses classes ; l'égoïsme et l'adultère dans le cœur de son aristocratie ; l'envie et la prostitution dans le cœur de son prolétariat.

Une réflexion, — une seule, — mais, bien triste ! te fera comprendre toute la profondeur de cette misère.

Dans tous ces lieux ouverts au plaisir comme au besoin, dans les cafés, dans les restaurants, sont des comptoirs où trônent des femmes jeunes, belles et parées.

Dans tous ces magasins où se confectionnent et s'étalent les précieuses futilités dont les habitudes du luxe nous ont fait des besoins, siègent et travaillent des jeunes filles séduisantes de coquetterie et de beauté.

Vienne le soir, dont les blancs jets de gaz enflammé rendent l'obscurité transparente tous les trottoirs des riches quartiers, cette ligne si longue de boulevarts qui se déploie de la Madeleine à la Bastille, etc., se couvrent d'une foule de femmes toutes de blondes, de fleurs et de soie, et pourtant moins riches d'atours que d'attraits.

J'en ai vu de souriantes et de gracieuses comme des anges, de pâles et de mélancoliques comme ces vierges que rêve le poète, et j'ai détourné les yeux comme si j'eusse vu des choses saintes traînées dans la fange.

Je ne te parle point de ces centaines de maisons infâmes, où la faim pousse des milliers de malheureuses, jeunes comme les autres, jolies et parées comme les autres !

Eh bien ! de toutes ces femmes qui eussent trouvé le bonheur dans la vertu, où ces abominables institutions les ne avaient forcées de choisir entre la vertu et le bonheur, il n'en est pas une, pas une seule, dont l'être le plus odieux et le plus vil ne puisse dire ! Pour une pièce d'argent, elle me vendra son corps ; pour quelques sacs d'or, elle me vendra son corps et son âme !

Si cette pensée est amère, celle-ci n'est-elle pas encore bien plus désolante ? ce que la nature a mis de beauté, cette dot céleste, dans les filles du peuple, se trouve tout dans ces femmes que la nécessité souille et profane, que le besoin traîne au vice.

J'ai pénétré dans les réduits du peuple, où m'ont souvent appelé mes missions politiques ; je suis entré dans ses rez-de-chaussées obscurs et humides ; j'ai monté dans ses chambres délabrées et dans ses mansardes étouffantes, et j'y ai trouvé des enfants jolis, mais portant déjà dans leurs traits le cachet des privations et de la souffrance ; j'y ai trouvé à peine quelques femmes qui aient pu être belles.

C'étaient ensuite des infortunées traitées en marâtres par la nature comme par le monde, pauvres créatures dont l'ignorance et le dénûment avaient ruiné le sang et l'intelligence : des membres amaigris, des joues creuses, des fronts hâves, des paupières corrodées par les larmes !... Les autres, qu'étaient-elles devenues ? Où étaient-elles ?... Ah ! ma bonne amie, là où je viens de te les faire voir.

Je me demandai alors si la Providence avait, par une sorte de compensation, donné aux unes un beau corps, aux autres un cœur honnête ; aux unes les attraits, comme les vertus aux autres.

La beauté, me dis-je, serait-elle semblable à ces plantes délicates qui ne fleurissent que sur une couche de pourriture ? lui faudrait-il aussi, à elle, un sol de corruption pour fleurir ?

Quoi ! le vice serait une condition nécessaire de la pureté des formes ! Quoi ! une infirmité la conséquence d'une perfection !... Blasphème !

Cela ne pouvait être ainsi.

Cette pensée retomba donc, lourde et froide, sur mon cœur : celles que le hasard avait parées d'attraits et de grâces ont cédé aux séductions qui se sont offertes à elles, sollicitées déjà qu'elles étaient par des désirs et par des besoins dont elles n'eussent pu trouver la satisfaction dans leur indigence ; et elles ont quitté leur condition natale, enviées par les autres, qu'y a retenues la privation des charmes que leur a déniés la nature.

Mais, laissons ces réflexions, que je n'ai soulevées que pour te faire synoptiquement connaître l'aspect moral de notre belle société, car ce n'est point la prostitution, cette démoralisation des classes pauvres, que j'ai combattue dans ce livre, c'est la démoralisation des hautes classes : l'adultère ! et malheureusement ma sœur, celle-ci est aussi grande que l'autre, si elle ne l'est davantage encore !

Ne crois point qu'il y ait de l'exagération dans ces tristes paroles : toi qui, éloignée du grand centre, ne peux juger de l'état réel du siècle que par ses reflets, regarde l'image qu'il jette dans la littérature et les arts, ses miroirs fidèles.

Lis ses journaux et ses revues, feuillète ses nouvelles et ses romans, écoute ses comédies et ses drames, consulte ses publicistes et ses réformateurs. N'est-ce point assez ? Recueille les retentissements de ses tribunaux et les rumeurs de ses salons. Que vois-tu et qu'entends-tu partout ? Un mot exprimé sous toutes les formes, depuis le madrigal jusqu'à la philippique ; un mot prononcé sur tous les modes, depuis les voix douces qui panégyrisent jusqu'à l'accent grave qui condamne et flétrit : Adultère !

En présence de cette immoralité universelle, sur qui faut-il lancer l'anathème ?

Est-ce sur l'homme ou sur la loi ?

Est-ce la nature ou les institutions qui l'on produite ?

Qui est coupable, de la Providence ou du législateur !

La question ainsi posée est résolue.

L'homme est sorti pur des mains de l'Être suprême ; dans l'ordre naturel, ses passions sont des éléments de bonheur et de vertu ; des perturbations individuelles ou momentanées peuvent bien éclater d'organisations exceptionnelles ; des perturbations générales et constantes ne peuvent provenir que des mauvaises lois.

J'ai donc recherché la source de ce débordement de corruption dans nos institutions sociales.

Je n'ai pas eu besoin de longues et studieuses investigations pour la connaître. Le mal était assez flagrant, le corps social assez profondément ruiné pour qu'il ne fût pas nécessaire de pratiquer l'autopsie de ce cadavre.

Toute obligation, — tu dois le comprendre, ma sœur, — ne peut reposer uniquement sur un texte de loi, sur une institution conventionnelle, sur une lettre morte ; il lui faut une sanction plus puissante, et cette sanction ne peut découler que de deux sources : de la nature ou de la religion ; — et par religion, je n'entends pas ici tel ou tel dogme, tel ou tel culte : je prends ce mot dans sa compréhension la plus large ; il exprime pour moi ce lien qui enchaîne et coordonne tous les éléments d'une association politique, la synthèse qui les embrasse et les harmonise.

Or, il est évident que la convention matrimoniale ne tire point son origine de la nature. Il suffit d'étudier le caractère du sentiment de pudeur, pour reconnaître sa création toute civile.

Sans déchirer le voile symbolique dont la terre des Pharaons a mystérieusement enveloppé ses mœurs, allons demander la révélation de ses usages domestiques à cette Perse, où le lit conjugal recevait le père et la fille, le frère et la sœur, porte les yeux sur une contrée et sur une époque plus positivement connues : sur la Grèce, cette fille de l'Égypte et notre mère.

Quelle diversité dans l'organisation morale de ses républiques !

C'est Athènes, avec ses femmes industrieuses et vénérées ; avec son gynécée pudique, d'où les decemvirs romains firent sortir cette chasteté dont Fauna, la bonne déesse, devint l'emblème dans la ville aux sept collines.

C'est Sparte, où Lycurgue avait presque fait disparaître le sexe de la femme dans l'activité virile qui lui donnait son existence publique.

C'est Corinthe, nonchalamment couchée entre ses deux mers, courtisane aux voluptueux enivrements.

C'est Thèbes, la Béotienne, ville des brutales débauches, dont les charnelles passions se sont personnifiées dans sa Phryné comme les amours lascifs de Corinthe dans sa belle Laïs.

Et si de ces siècles reculés nous descendons dans les temps modernes, y trouverons-nous, je te le demande, plus d'unité?

Où se rencontre la vraie pudeur dans nos nouvelles civilisations ?

Est-ce dans les odalisques orientales, qui se croiraient coupables de laisser apercevoir leurs mains à un autre qu'à leur maître et seigneur ?

Est-ce dans la femme mauresque, qui ne peut sans crime dévoiler son visage devant un étranger?

Est-ce dans la senora castillane, dont la mantille de dentelle et basquine de soie cachent mystérieusement le front brun et les brunes épaules ?

Est-ce dans la candide Suissesse ou la sévère Allemande, qui rougiraient toutes les deux que l'on pût apercevoir l'albâtre de leur sein?

Est-ce dans nos dames, à nous, dans nos dames dont les robes ne semblent plus que suspendues à la chute des épaules, comme les tuniques des statues grecques? Est-ce dans la miss anglaise, portant froidement ces robes de bal, qui font murmurer ou sourire quand le hasard la conduit dans nos salons?

Est-ce dans la femme Cafre ou dans la Hottentote, qui n'a pour voiler sa nudité qu'une pagne flottante ?

Etait-ce dans la vierge du Mexique, dont le vêtement consistait jadis dans quelques plumes de couleur? Dans les vierges d'O-Taïti, qui ne se voilaient souvent que de leurs longs et beaux cheveux?

Un sentiment que ne soupçonne pas même l'enfance; un sentiment que chaque siècle et chaque contrée nie, admet ou modifie, ne peut être un sentiment naturel.

La constitution conjugale, qui s'y rattache par une jonction si étroite, serait-elle par hasard moins diverse?

Sans invoquer la loi de Brahma, ni la philosophie politique de Confucius; sans interroger les populations Asiatiques et Africaines, qui présentent toutes les nuances de cette constitution, depuis sa négation jusqu'à son exagération la plus oppressive, ne comparons que les deux grandes doctrines qui semblent s'être divisé notre vieux Monde : l'*Evangile* et le *Coran.*

L'Evangile a formé les nœuds conjugaux en faveur de la femme; le Coran les a formés contre elle. C'est en morale surtout que le Coran est une réaction contre l'Evangile.

Le Christianisme a sanctifié la femme dans tous les types qu'en ont consacrés ses saintes Écritures : c'est Marie, ce vase d'élection rempli jusqu'aux bords des plus suaves parfums que la terre puisse exhaler vers le ciel; c'est la belle Madeleine, qui trouve son pardon dans sa faute : il lui sera beaucoup pardonné parce qu'elle a beaucoup aimé; ce sont ces chœurs de vierges dont il s'est fait lui-même l'amant et l'époux.

L'Islamisme, au contraire, l'a toujours profanée dans ses fictions ouraniques comme dans ses fictions sociales. Odalisque sur la terre, elle est houri dans le paradis : ainsi toujours esclave.

Jésus-Christ a dit de la femme adultère : « Que celui qui se trouve sans tache lui jette la première pierre. » Mahomet a dit à l'époux outragé : « Juge et tue. »

La loi du réformateur israélite ayant pour base l'égalité fraternelle des membres de la grande famille humaine; a dû élever au niveau de l'homme cette douce créature à laquelle il doit ses plus pures affections, ses plus divins bonheurs : affections et bonheurs de fils, d'amant et de père.

La loi du conquérant arabe, fondée sur le despotisme, a invoqué les vieux paradoxes de quelques philosophes grecs. Le prophète d'Allah est descendu jusqu'à mettre en question si le sexe auquel il devait sa mère faisait partie de l'humanité.

Sous l'Islamisme, la femme étant ainsi ravalée par l'esclavage le plus dégradant au rang des biens commerciaux, le mariage s'y résout, en faveur de l'homme riche, en un simple droit de propriété.

La loi chrétienne, plus juste, a affranchi la femme d'une partie de l'oppression que la brutalité de la barbarie avait fait peser sur sa faiblesse.

Notre mariage est donc une création de la doctrine religieuse d'où notre ère de civilisation est sortie.

Oui, Rose, c'est le christianisme qui a formé les liens conjugaux de la société française, comme ceux de toutes les nations qu'il a éclairées et fécondées de sa lumière. C'est le christianisme qui, empruntant aux organisations morales de l'antiquité tout ce qu'elles avaient de plus pur, le perfectionna encore pour en faire une révélation nouvelle; c'est lui qui brisa toutes les servitudes, émancipa en partie et réhabilita la femme, pauvre esclave de toutes les législations, et protégea sa faiblesse par l'unité et l'indissolubilité du lien marital, et puis imprima à cette grande œuvre le sceau d'une consécration divine.

C'est cette consécration religieuse qui fait toute la puissance des rapports que parmi nous unissent les sexes. Devons-nous donc être étonnés de la corruption générale où sont tombées les mœurs, aujourd'hui que la critique uniquement éversive du XVIIIe siècle, au lieu de bannir le marchand du temple, a chassé le prêtre du sanctuaire; au lieu de briser l'abus, a brisé l'autel !

Peut-il exister quelque puissance morale dans cette société dont un nuage d'impiété cache le ciel?

Non.

La religion seule vivifiait notre organisation morale ; en s'évanouissant, elle a laissé un cadavre que la corruption devait gagner aussitôt, et la corruption, en effet, en a aussitôt saisi tous les éléments.

Maintenant quel est le remède? Le remède ! voilà le grand problème que doit résoudre l'avenir. Moi aussi j'ai mes prévisions, mon système ; mais l'heure et le lieu de leur formulation ne sont point venus; je n'ai désiré que découvrir la plaie : c'est point en les cachant que l'on guérit les ulcères, ils ne font que se développer et s'envenimer ; une fois mis au jour, c'est au philosophe de chercher les réformes les plus curatives, au législateur de les réaliser.

Quoi qu'il en soit, en accomplissant une œuvre de conscience, j'ai accompli, du moins j'en ai la conviction, une œuvre de pure morale.

Bien que je pense qu'à moins d'une révolution sociale complète, le mariage ne puisse trouver que d'insuffisants palliatifs dans les lois, j'ai cru devoir dire, parce que la moindre étude psychologique de l'homme jette sur cette thèse tout l'éclat de l'évidence, que notre constitution du mariage est une institution en dehors nature.

Maintenant, ma chère Rose, pour que tu comprennes toute ma pensée, je dois te la révéler complète. Au milieu de notre organisation, le nœud conjugal, tel que l'avait formé le Code Napoléon, est pourtant, à mes yeux, le plus sacré des liens sociaux. Il tient à un édifice dont il est la clef de la voûte; si vous n'êtes résolu à détacher toutes les pierres qu'elle assujettit et qu'elle contient, ne l'enlevez pas, car toute votre masure lézardée s'écroulerait à la fois sur vous.

Or, c'est parce que ce lien me paraît aujourd'hui indispensable, que j'ai signalé les écueils et que j'ai fait voir les chances de malheur qu'il présente, afin que d'avance on les étudie pour les éviter ou pour les vaincre ; c'est parce que la maison conjugale doit être un sanctuaire de vertu ; c'est parce que l'enfant ne doit point recevoir sous le toit paternel des leçons de vice, que la loi doit veiller elle-même pour en écarter tout scandale.

De ces considérations m'a donc semblé naître une double obligation : un devoir pour le législateur, et un devoir pour les individus.

En effet, dès que l'affaiblissement de la foi religieuse a eu mis la nature en lutte avec nos institutions morales, la société a dû prévoir les perturbations que devaient nécessairement éclater de ce conflit. Impuissante à les prévenir, elle a dû au moins s'efforcer, par son intervention immédiate d'en circonscrire, le plus étroitement possible, les développements anarchiques.

La séparation de corps et le divorce ont été les spécifiques avec lesquels la sagesse de nos sénats a cru triompher de tous les vices et de tous les abus.

Est-il pourtant, dans quelque législation que ce puisse être, une anomalie plus fécunde en désordres que le premier de ces deux beaux remèdes : stupide transaction entre la loi et la morale, où l'une et l'autre sont sacrifiées à la fois, l'une par le fait même, l'autre par ses conséquences les plus immédiates et les plus forcées.

Eh quoi ! vous séparez deux époux, le plus souvent l'un et l'autre dans toute l'effervescence de la jeunesse, et après les avoir isolés dans la société avec les impérieux appétits du corps, avec les passions de l'âme, plus impérieuses encore, vous leur interdisez toute répletion légale de ces besoins des sens, toute satisfaction légitime de ces besoins du cœur? Et durant ce combat de tous les instants avec les exigences de leur organisation, quel point d'appui trouveront-ils dans votre société sans croyances? Aucun. — Cette lutte est donc impossible. — Votre Code leur a donc fait une nécessité de ce que vous flétrissez en eux comme un vice, de ce que vous dénoncez au monde comme un scandale.

Bien que je ne sois point un des ardents panégyristes du divorce, je le regarde du moins comme plus rationnel. S'il est à mes yeux un mal, je ne refuse pourtant point de l'admettre comme un remède, c'est-à-dire comme un mal employé pour combattre un mal plus grand.

Mais l'action la plus puissante dans cette grave question n'est pas celle de la loi. C'est dans la sage prévoyance de ceux qui s'imposent ces liens que le mariage peut trouver ses palliatifs les plus efficaces. C'est en ne laissant au hasard aucune des chances d'infortune que peut lui enlever la prudence, que les époux futurs protègent leur union contre les vices de la constitution sous laquelle ils se placent.

Malheur à ceux qui jettent follement leur avenir sur ce coup de dés avant d'avoir cherché à conjurer les éventualités funestes de ce jeu terrible! Mais, aussi, honte et malheur à ceux dans l'âme desquels les sordides insinuations de l'ambition et de la cupidité étouffent la voix de la raison et les prévisions de la sagesse!

Et pourtant, ma bonne amie, sur quelles bases fait-on reposer généralement aujourd'hui les mariages? Que consulte-t-on? Est-ce le cœur? Non. C'est le rôle du percepteur et le registre du conservateur des hypothèques.

Ce n'est plus le prêtre qui consacre au nom du ciel les nœuds que le sentiment a formés, c'est le notaire qui verbalise, de par la loi, les stipulations dont le calcul a formé la chaîne.

Le lit nuptial a perdu la sainte pudeur qui fermait ses chastes rideaux. La religion, qui l'abritait de ses blanches ailes, comme une arche de pureté, s'est, hélas! envolée. Ce n'est plus qu'un lit vulgaire, théâtre profane, où le dernier acte de la convention, conclue dans une étude ou dans le salon, vient enfin s'accomplir par un dénoûment immonde.

Le mariage n'est plus une bénédiction : — C'est un marché.

On prend la plume, comme l'a dit un de nos plus spirituels moralistes, et, sur une feuille de papier, l'on fait l'état des biens et des espérances : — mot atroce! — quatre et deux font six; huit et sept font quinze; ajoutez tant, ôtez tant : reste tant! On écrit le total au bas de la page, et, selon ce que l'on gagne à la transaction, il y a ou il n'y a pas mariage.

Charles Nodier n'a-t-il pas eu raison de représenter notre hymen sous les traits d'un amour comptant des sacs d'argent sur le seuil d'une chambre nuptiale?

Comment s'étonner, en présence de telles mœurs, des fruits amers que chaque jour elles portent!

Toute idée de bonheur et de malheur à part, n'est-ce point encore un spectacle à flétrir le cœur de dégoût que celui offert par de semblables unions?

Quelle différence y a-t-il entre la fille perdue et tant de nos grandes dames?

Que ce soit pour une nuit ou pour la vie; moyennant une pièce d'or ou des contrats de rentes, qu'elles s'abandonnent, qu'importe le prix du marché? qu'importe sa durée? N'est-ce pas toujours une vente?

Comment nommer l'acte d'une femme qui livre son corps sans livrer son cœur? — Je ne sais qu'un mot pour cela dans notre langue:

Prostitution!

C'est la vue de cette corruption, dont chaque jour gangrène plus profondément notre société; c'est la pensée de pouvoir concourir à arrêter ses progrès qui ont dominé la partie philosophique de cet ouvrage.

J'ai recherché dans l'homme et dans l'institution les causes des vices et des désordres dont le foyer domestique est trop souvent le théâtre.

J'ai signalé ces causes avec une énergie que la conviction du bien qu'elle peut opérer a dépouillée des semblants d'une fausse pudeur.

J'ai voulu imiter la prudence des habitants des côtes, qui plantent des gaules sur les rochers pour signaler aux navigateurs la présence d'un danger. J'ai signalé les écueils contre lesquels l'homme voit aujourd'hui se briser son bonheur.

A lui de consulter sa force, de descendre en son cœur, d'étudier son caractère, de mûrir son choix avant de former une union dans laquelle il ne peut trouver que le malheur s'il n'y rencontre la félicité; à lui surtout de repousser toutes ces considérations grossières qui fixent trop fréquemment aujourd'hui les déterminations des hommes, pour ne donner à son choix que les bases de la sympathie et de l'estime.

Certes, le bonheur qu'il peut y trouver alors, — et je pense à toi, ma sœur, à qui le Ciel a départi toutes les ineffables joies de la femme, — c'est une félicité assez pure pour le récompenser de tous les sacrifices, n'est-ce pas?

Aime-moi toujours de toute la tendresse que j'ai pour toi.

FULGENCE GIRARD.

———

I

UN JOUR DE PLUIE

> Dans presque toutes les liaisons entre les hommes, l'amitié ressemble à cet or délié qui, dans le galon, revêt un fil de bure.
> *Sacontala.*

Dans les premiers jours d'avril 1830, une pluie froide, poussée par les rafales d'un vent d'ouest, fouettait avec violence contre les vitres d'une chambre bien simple, et pourtant une des plus élégantes de la petite rue de la Cerisaie.

Deux officiers de dragons, Pietro Falcom, Joch Marcello, tous deux Corses d'origine, fumaient auprès de la cheminée, dont un feu de bois flotté, feu livide, rougissait à peine le garde-cendre et les chenets.

Malgré la saison avancée, le feu n'était certainement pas dans cet appartement un objet de luxe. Une humidité pénétrante rendait l'atmosphère d'autant plus froide, que les beaux jours, qui avaient tiédi la fin de mars, avaient déjà habitué le corps à cette vivifiante chaleur de printemps qui ranime le sang et rassérène l'âme.

Ces retours de saison, vous l'avez remarqué peut-être, ont toujours une brusquerie dont l'organisation entière est ébranlée. Triste et surpris, on se croit refoulé jusqu'au cœur de l'hiver, quand, après avoir promené par un beau soir, dans nos parcs publics ou sur les boulevards extérieurs, dont les feuilles se déroulent vertes et fraiches; après s'être trouvé bien dans cette douce température; avoir respiré d'aise ce vague parfum de végétation dont la brise des champs souffle les senteurs, on se réveille presque transi, par une matinée pluvieuse, le jour pauvre, l'air saisissant, le ciel gris. L'imagination s'attriste; le corps frémit; la peau, qu'un air doux avait dilatée, se resserre et se chagrine; — on sent jusqu'en soi frissonner son âme.

Nés dans un pays où ne fait qu'apparaître l'hiver, ces étrangers devaient ressentir plus vivement encore ces intempéries; aussi l'impression de cette journée se révélait-elle par l'assombrissement dont semblait voilé leur visage.

Cette expression frappait d'autant plus vivement en eux, que tout annonçait dans leurs figures la nature ardente des cieux méridionaux : c'était quelque chose de rude et de tranché; des traits tels que les moule l'air vif des côtes et des montagnes, tels que les bronzent les rayons d'un climat ardent. Leurs muscles, au lieu de se modeler en lignes molles et flexibles, semblaient affecter des formes anguleuses; une chevelure abondante et crépue broussaillait sur leur front, bas peut-être, mais d'une saillie à couper, obtus, l'angle facial. Leur œil noir, sous leurs épais sourcils noirs, avait une transparence et une lucidité que l'on rencontre rarement ailleurs que dans celui des oiseaux de proie. Forts et trapus, tout en eux, l'ampleur du cou, comme la vigueur des membres, le développement corporel, décelait une race de sang pur, une race saine et puissante.

Pour leur caractère, un regard sans expérience n'en eût pu d'abord pénétrer la fougue sous ses sombres et silencieux dehors. Il fallait les connaître pour deviner ce que de passions cachait cette mélancolie.

Une observation, qui s'offre d'elle-même dans la fréquentation des hommes, c'est que la tristesse et la taciturnité sont des traits communs aux âmes passionnées ou pensantes ; elles sont avares de tout ce qui est extérieur : expressions, gestes, paroles ; elles semblent craindre que leur énergie ne s'évapore en vains sons, comme une essence qui s'exhale en parfums dans l'air libre. C'est pour le cœur et la tête qu'elles gardent toute leur activité de vie.

Cette remarque explique une particularité commune au caractère corse et allemand, caractère en tous autres points si divers.

Cependant, malgré ces analogies, capitales sans doute, le hasard avait réuni dans le corps et dans les passions de ces deux hommes toutes les différences qui peuvent désharmoniser deux êtres du même type.

Pietro, haut de taille, sans embonpoint, mais bien pris, avait une organisation où tout était force. Ses membres s'étaient développés avec une largeur que les artistes seraient heureux de rencontrer dans des modèles autres que des marbres antiques. Une vie active avait de bonne heure fait disparaître leur consistance charnue sous une musculation toute de nerfs. Un sang riche circulait facilement dans ce corps, et colorait si vivement les parties transparentes de la peau, que, sur le visage, son incarnat effaçait presque les teintes halées dont l'avait gercé le soleil. — Une belle nature !

Ce n'est point qu'il n'y eût rien d'irrégulier dans ses traits ; si l'on se fût arrêté sur les détails, on eût pu reprocher à sa figure trop d'ampleur dans les parties basses. La force des organes maxillaires, une bouche large, des lèvres épaisses lui donnaient une expression brutale, que détruisait à peine, par moments, l'extrême mobilité de la face, mobilité si grande, que les moindres émotions s'y traduisaient en rides.

Joch Marcello était au contraire d'une complexion peu développée. Sa taille était petite et maigre ; sa carrure seule lui donnait quelque énergie.

Une constitution sèche annonçait en lui une âme inflexible, qui se reflétait dans ses traits empreints de brusquerie et d'âpreté. Une peau basane-clair en dessinait fortement les saillies osseuses. Sans le froncement habituel d'un des coins de sa bouche, dont l'air dédaigneux tempérait sa physionomie méchante, on n'eût pu supporter sans frémir la vivacité de son regard, regard brillant comme le reflet d'une lame, et dont on croyait sentir en soi pénétrer la froideur.

Tels étaient ces deux hommes, qu'eussent sans doute séparés leurs goûts, si, nés dans le même pays, ils n'eussent été réunis par les souvenirs et le sentiment qui ont tant d'empire sur tous ceux qui vivent loin de leur patrie.

II

PAUVRE FEMME

Tandis que sa peau brune portait l'empreinte du soleil de l'Asie, ses grands yeux bleus, son front blanc, et la teinte rosée répandue sur tous ses traits rappelaient le nord et ses filles calmes et innocentes.

A. Loève-Veimars.

La conversation était suspendue. Pietro, soucieux et préoccupé, les pieds et les bras croisés, serrait entre ses dents une cigarette de Maryland, qui se consumait sans qu'il en rejetât la fumée.

Joch, les yeux attachés sur lui, semblait, en roulant du tabac dans un étroit morceau de papier fauve, *papel di los cigaritos*, étudier avec satisfaction l'effet de quelques paroles, sans importance apparente, qu'il avait adroitement glissées dans une conversation affectueuse, comme un poison qu'au milieu d'un pansement, une main perfide eût déposé dans une plaie.

Il n'eût pas été besoin à celui à qui le caractère et la vie de ce Corse eussent été connus, de considérer attentivement ou longtemps le maigre sourire qui plissait alors ses lèvres, pour y découvrir un sentiment profond de vengeance : ce n'était pas, il est vrai, cette vengeance qui serre, secoue, brise le cœur, et jette enfin dans une explosion tous ses emportements et toutes ses haines ; mais bien une de ces *vendettes* qui, loin de s'affaiblir en vieillissant, se développent et se fortifient de tout ce que perdent les autres passions, comme un lierre qui croît dans des ruines, alimentant ses racines de la poussière même du ciment et du granit.

Telle est la vengeance dans ces âmes passionnées, que, prenant à la longue un caractère chronique, elle passe dans le sang, y circule, y fermente, et dépose, dans la poitrine, une île de fiel, où tout autre sentiment vient se décomposer et s'aigrir. Les accès tombent ; mais elle continue, fiévreuse, dissimulée, toujours active, se cachant sous tous les masques, soumettant ses élancements aux prudents retards et ses transports aux froids calculs ; passion transmissible, héritage de haine, mandat de sang qui souvent s'ajourne, mais ne s'éteint que par la mort d'une famille entière....

Ses regards ne se détachaient de Pietro que pour se porter obliquement sur une jeune femme assise à l'écart ; et c'était avec une lenteur qui contrastait si brusquement avec leur vivacité, que l'on ne pouvait y méconnaître, à travers une ironique gaieté, quelque chose de menaçant et de sinistre.

Vous vous seriez senti involontairement frémir pour cette belle enfant : car, bien qu'épouse, ce n'était qu'un enfant encore ; — dix-huit ans ! — qui, pâle, frêle, souffrante, réunissait dans ses traits tout ce qui peut le plus vivement saisir : le double cachet de la douleur et de la beauté.

C'était une de ces figures qui, semblables à l'âme qu'elles reflètent, touchent à tous les types par ce qu'ils ont de plus riche et de plus gracieux. La molle flexibilité dont s'assouplissent les lignes des visages du nord, s'y animait des reflets donnés aux traits méridionaux, moins peut-être par le hâle léger dont leur ciel les dore, que par ces teintes chaudes où les passions se révèlent.

Des cheveux noirs et des yeux bleus, des regards de feu et de mélancoliques sourires, un sentimentalisme vague et la fougue délirante du sang corse ; l'Anglaise et l'Italienne : mais tout cela fondu dans la pâleur d'une longue souffrance ; — l'abattement d'une peine intime harmoniant ces contrastes, en adoucissant ce qu'ils eussent pu avoir de trop heurté ; — la Thérésa de lord Byron.

Assise près de l'embrasure d'une croisée, son petit pied, que dessinait, souple et élégant, une pantoufle en points de tapisserie, posé sur un tabouret dont elle avait elle-même brodé le canevas ; — indifférente à la conversation, ou du moins paraissant l'être , — elle lisait devant une table à ouvrage, sur laquelle était déposée une valise cadenassée et bouclée avec le soin le plus scrupuleux.

Sa mise, quoique bien simple, avait dans sa négligence une grâce qui fuit la coquetterie la plus ingénieuse ; point de ferronnière sur son front large ; sur le velours noir de sa fiancée, point de camée antique, comme la mode exigeait à cette époque que l'on en portât ; pas même de bracelets à ses bras ; des bracelets ! ce qu'alors ne se refusait pas même la grisette ; nul ornement de luxe : une toilette toute sévère.

Une douillette de marceline, d'un grenat foncé, accusait avec une grâce vague et mystérieuse les contours de sa taille, comme font les tuniques des statues grecques ; son mol abattement donnait à ses membres quelque chose de la fluidité de ces draperies.

Un fichu de grenadine ou de crêpe des Indes, noué en fanchon au-dessus de ses cheveux nattés en bandeaux, encadrait délicieusement son blanc visage ; les soucis, plus peut-être que le ciel du midi, en avaient détruit le diaphane éclat, qui donne à la figure de quelques-unes de nos dames la transparence de la porcelaine la plus limpide ; mais ils y avaient substitué le charme d'une âme si sensible, si dolente et si résignée, que personne n'eût pu regretter, devant cette expression pure et sentie, le frais mais froid éclat de la peau.

Elle se nommait Giulia.

Giulia, doux nom, prédestiné, dans mon âme, aux douces passions et aux profondes douleurs !

Pietro rompit ce silence. Le ton et la brusque spontanéité de ses paroles annoncèrent une détermination irrévocablement arrêtée :

— Non, dit-il. Et il jeta dans la cheminée les débris de sa cigarette. Non, je ne puis plus vivre ici ; ce ciel de brume me glace, cet air épais m'étouffe : il faut que je revoie notre Corse.

Joch hocha la tête et sourit.

— C'est un besoin, rien ne peut m'arrêter désormais, je donne ma démission, et je pars.

— Te voilà retombé dans les folles idées ; allons donc, Pietro ; la température agit-elle sur tes décisions comme sur un thermomètre?

Falcom détourna la tête avec impatience. Joch continua :

— Crois-tu donc que, comme toi, je ne préférerais point nos rochers à ces boues, notre beau soleil à ces tisons noirs? mais, que diable! on a sa carrière à parcourir.

— Je ne puis vivre ici plus longtemps ! te dis-je ; c'est un ennui, un dégoût qui me tueraient.

— Déserte-t-on, pour un moment d'ennui, un avenir préparé par de si arides et si longues études?

Pietro porta ses regards au plafond avec un mouvement de contrariété que son silence exprima mieux que n'eussent pu le faire ses paroles.

Joch, après un moment de silence, poursuivit :

— N'aurais tu pas un autre motif?...

Tandis qu'il prononçait ces dernières paroles, dont il perla les syllabes, comme pour ajouter, par cette lente accentuation, un sens précis à tous leurs mots, son œil scrutateur et immobile, fixé sur son ami, semblait fouiller jusque dans son âme.

Pietro rougit : un mouvement de trouble, qu'augmenta le regard fixe de Joch, se trahit dans sa réponse, malgré ou peut-être même par le soin qu'il mit à cacher sous une cause étrangère le motif réel de ses nouveaux projets.

— Que veux-tu?... Climat et coutumes, tout ici m'obsède. Je ne puis subir ces mœurs d'où la raison est proscrite, où la convention, et la convention seule, règne. Une existence individuelle est-elle ici possible? ne faut il pas s'abdiquer pour vivre une vie banale, où tous ont le droit de fouiller et de voir?

— Qu'y faire?...

— Je me trouve trop à l'étroit dans le cercle de leurs convenances ; je ne puis m'y mouvoir sans tout y froisser, sans m'y froisser moi-même. C'est un frottement continuel où tout caractère s'écorne, où toute individualité perd son empreinte, où l'on ne peut faire un pas sans marcher sur le pied d'un usage qui se retourne et vous rit au nez.

— C'est vrai, dit Joch.

Puis, il reprit d'un air affectueux, où se cachait ce qu'eût eu d'offensant son insistance :

— Mais moi, détestai-je moins que toi ces mœurs polies et froides, comme le stylet de nos bandits?

— Toi, c'est différent, Joch!....

Et après une pause :

— Tu es seul !.....

L'indécision qu'il mit à prononcer ces trois mots eût fait croire, lorsqu'il les proféra, qu'il obéissait à un moment de trouble intérieur, contre lequel se raidissait sa volonté. Joch comprit tout ce qu'il y avait d'amers sentiments cachés sous cet aveu.

Il avait, en effet, fallu une lutte bien violente dans cette âme pour en faire sortir l'ombre seule d'un soupçon, qu'impuissant à se déguiser à lui-même, il eût voulu du moins y ensevelir. Ce n'est qu'avec le sang, pour un Corse, que ces pensées-là se révèlent.

Mais il s'était avancé sur une pente où il est difficile de s'arrêter ; le sol de ces confidences est trop mobile pour que l'on puisse s'y reprendre dès qu'on y a fait un pas ; dût-on s'y briser dans une chute, prudence est encore de courir.

Il continua donc :

— Tu ne penses point, sans doute, que je sois jaloux;... non : tu sais ce que c'est que la jalousie dans notre cœur, à nous autres. Il n'entre pas sous le briser, mais ce n'est point en paroles qu'elle en sort... — Je dois rendre d'ailleurs justice à Giulia ; elle sait de combien d'amour j'entoure sa vie; si, frêle et docente, elle n'est point née pour les passions vives, je possède du moins tout ce qu'un cœur a de puissance d'aimer. — Ma détermination ne regarde que moi seul ; si elle touche à Giulia, c'est à cause des usages et des susceptibilités, non à cause d'elle. Mais je te le demande, cette vie peut-elle ne nous pas être

continuellement à charge? nos idées d'enfance peuvent-elles se ployer à ces mœurs inconstantes, à ces passions tout extérieures? Nos femmes, nous les voulons tout à nous; nous ne souffrons pas qu'un regard impudent nous les déflore, nous les souille ; et ici, faites un pas sans que mille lorgnettes ne se fixent sur vous, sans que mille importuns ne s'attachent à vos traces! — Elle en souffre elle-même; — et moi je suis forcé de sourire à ces insolences : l'usage le veut ; tout est dit : soyez assez loup pour mordre là-dessus.

Pendant que Pietro s'efforçait de jeter sur nos mœurs l'amertume de ses sentiments, les regards obliques de Joch se portaient sans cesse vers la jeune femme, et à chaque instant s'animaient davantage. On eût dit deux points de feu dans ses prunelles.

L'expression générale de ses traits annonçait alors une joie méchante, qui perçait à travers la dissimulation dont il avait coutume de couvrir ses impressions. On eût pu lire dans cette physionomie fatale le pressentiment et la conviction de quelque malheur.

Tenant dans ses mains les fils du petit drame qui se jouait dans cette chambre, il semblait attendre qu'un nouvel incident, qu'il avait prévu sans doute, vînt se jeter dans cette scène pour en développer l'intérêt.

Triste, mais calme de toute la pureté de sa conscience, Giulia était loin de prévoir les dangers et les malheurs dont des circonstances étrangères à sa volonté menaçaient de la circonvenir.

La fin d'un chapitre, ou peut-être la distraction de quelque pensée soudaine, avait depuis quelques instants suspendu sa lecture. Les bras croisés, les yeux fixés sur sa table à ouvrage, elle s'abandonnait avec mélancolie et tristesse aux rêveries qu'avaient excitées dans son âme, ou cette idée subite, ou les pages du livre qu'elle venait de parcourir. — Ce livre était René, épisode de poésie et de passion où Châteaubriand a versé tout son cœur.

N'est-ce point un charme particulier à ces lectures que de laisser l'intelligence recueillie et le cœur ému, frémissant tous les deux, comme ces harpes champêtres qui vibrent harmonieuses longtemps encore après qu'une brise a passé sur elles?

Pietro fit une cigarette, Joch alluma la sienne ; le silence se rétablit de nouveau entre eux.

———

III

UNE VOIX

> Souvent que de tendres messages dans une romance ou dans une fleur!'
>
> *Ian Czynski.*

Une voix douce, mais aussi large d'intonation que fraîche de timbre, ne tarda pas à faire retentir à l'extérieur un des motifs de *Fidelio* de Beethoven. La troupe allemande venait de jouer, pour la première fois, cet opéra sur le théâtre italien de Paris. Joch sourit en voyant la jeune femme prêter l'oreille.

La pluie avait cessé; le temps était encore bas, le jour encore grisâtre. Un rayon de soleil, tiède et doré, se fourvoyant à travers les nuages, souriait pourtant alors entre deux ondées. Le faisceau de clarté qu'il plongeait dans la chambre se dessinait autant par son éclat vif et colore que par les milliers d'atomes qui se baignaient et tournoyaient dans sa lumière. L'impression d'une journée pluvieuse, lui attribuait dans ce moment encore plus de sérénité et plus de vie.

Giulia, indécise quelques instants, se leva enfin et ouvrit la fenêtre.

Était-ce le désir de respirer l'air, que réchauffait et séchait ce premier rayon, qui fit quitter à Giulia sa bergère ; ou voulait-elle trouver une distraction à l'impression pénible dont les plaintes de son mari avaient dû lui serrer le cœur, lui la pauvre enfant ! avait prêté l'oreille?

Joch, si l'on en juge par le sourire qui anima ses lèvres, quand il la vit appuyer ses coudes sur la barre transversale de la croisée, pensa que c'était pour mieux entendre les paroles du jeune chanteur.

Il hocha la tête, comme s'il se fût applaudi de voir successivement s'accomplir les incidents les plus favorables à la réussite de ses projets.

— Tiens! dit il après avoir dissimulé sous un air d'indifférence la satisfaction dont s'était animée sa figure, cette voix n'est point mal.

Pietro sembla sortir d'une préoccupation profonde.

Que se passa-t-il dans son âme? il n'eût point écouté durant une seconde, que, le front rouge, il s'élança vers l'autre croisée, et l'ouvrit avec violence. Il fut un instant penché en dehors ; lorsqu'il se releva, le sang s'était violemment reporté vers son cœur; sa face se roidissait sous une pâleur safranée et livide.

— Que faites-vous-là, madame?

— Vous savez, mon ami, combien rarement je sors de cette chambre. Ne puis-je ouvrir la fenêtre pour respirer un peu d'air?

En prononçant ces mots d'une voix émue, la jeune femme referma doucement la croisée.

Pietro hocha la tête et se croisa les bras :

— Oui, sans doute. et je suis injuste, n'est-ce pas? Ici, l'on re-pire l'air à la fenêtre ; au bal, on doit être honnête avec tous les cavaliers ; et je suis un fou de me tourmenter de ces bagatelles!... Ce sont d'excellentes raisons ; mais prenez garde, madame, on ne me prend pas dans une toile d'araignée comme un moucheron : je la brise. Vous connaissez mon caractère. Il est dangereux de jouer avec un stylet comme avec une épingle à cheveux : ne sortons pas, croyez-moi, d'une sphère hors de laquelle tout serait crime et malheur pour les deux.

La violence de Pietro avait plusieurs fois éclaté à travers la contrainte dont l'environnait sa tendresse. Giulia le connaissait ; elle savait tous les emportements qu'un soupçon seul pouvait remuer dans cette âme, et pourtant elle fut si profondément frappée de la brusquerie de cette scène qu'elle ne put longtemps répondre à cette colère qu'en attachant sur son mari un regard de reproche et de douleur. Lui, sombre et agité, se promenait en silence.

— Pietro, dit-elle enfin, votre caractère s'aigrit chaque jour, je le vois bien, mon ami. Pourquoi donc cela?... Je ne puis plus rien faire qui ne vous alarme ; un regard, un pas, un mot, tout vous inquiète.

— Mais enfin!... reprit Pietro avec un trouble contre lequel sa volonté perdait toute sa puissance.

— Vous ai-je donné quelque motif de plainte, dites?...

— Non !

Le ton avec lequel ce mot fut prononcé révéla tout le froissement qu'avait fait subir à son cœur cette scène violente, et l'embarras dans lequel le plaçait, vis-à-vis de Joch, cet imprudent emportement.

— Et pourtant!... Tenez, Pietro, vous devenez sans cesse plus injuste.

Giulia, après ces mots, posant son front pâle sur sa main, dont les doigts blancs et effilés se noyèrent dans ses cheveux, se mit à verser des larmes, mais des larmes sans reproches, sans sanglots, celles d'une douleur résignée, d'une douleur qui déborde d'un cœur fait à souffrir, comme les gouttes d'eau qui pleuvent d'un dahlia dont le calice est trop plein de rosée.

A la voir ainsi abattue, les yeux et les joues en pleurs, vous eussiez dit cette sainte tête de vierge, où Albert Durer a fait passer, avec une résignation céleste, toutes les douloureuses poésies d'un cœur de femme. Pietro resta immobile, les yeux fixés sur elle.

Cette voix plaintive et pénétrée avait calmé son sang ; devant cette affliction profonde, intime, muette, sa colère s'était évanouie.

Il se retrouva calme, face à face, avec cette scène désolante, que la plus fugitive apparence avait provoquée. Lui qui, un instant auparavant, eût craint de laisser percer un seul des soupçons qu'il s'efforçait d'étouffer dans son cœur, il venait d'associer un tiers à ce scandale !

Il comprit que ce n'était qu'en s'accusant qu'il pouvait revenir sur cette imprudence. Faible ressource!... Enfin ! Il fit encore quelques tours dans la chambre, puis s'arrêta devant Giulia.

— Oui, lui dit-il, c'est vrai, je suis injuste ; mais toi, n'as-tu pas aussi des torts? Je sais combien tu m'aimes, je ne devrais pas m'alarmer sur d'aussi futiles soupçons, tu as raison ; mais tu connais mon caractère : puisque ces riens me froissent, ne pourrais-tu pas t'efforcer d'éviter ces riens ?

Giulia soupira profondément. Il poursuivit :

— Et puis, ce n'est pas ta faute, c'est celle de tout ce qui

t'entoure ; c'est celle de ce maudit pays. Tu n'es pas cause que l'on te guette, que l'on t'épie, toi.

S'avançant alors vers elle, il lui tendit la main d'un air de repentir et d'amour.

— Eh bien ! Giulia, me pardonnez-vous ?... Tu l'as bien dit, je deviens injuste ; sois généreuse : j'ai tant à souffrir !

— Mon ami ! reprit Giulia, en lui serrant la main dans les deux siennes. Et un regard de tendresse brilla à travers ses larmes, comme un sourire languissant sur ses lèvres qu'attristait encore la douleur.

<hr/>

IV

FROIDEUR.

La bouche sourit mal quand les yeux sont en pleurs.
Évariste Parny.

Un soldat vint annoncer en ce moment que le cheval du lieutenant Falcom l'attendait à la porte de la caserne.

L'escadron était rassemblé, impatient de regagner ses cantonnements de Courbevoie, d'où il venait par détachements faire, concurremment avec la garnison de Paris, le service de la capitale.

— Prends cette valise, je descends.

Le soldat obéit.

C'était un vieux Corse d'une soixantaine d'années, grand et fort, quoiqu'un peu grisonnant ; il avait conservé son allure brusque, son air farouche, comme s'il ne fût jamais sorti de ses *maquis*. Il ne s'était engagé que pour suivre son jeune maître.

La séparation des deux époux fut triste et gênée ; en vain s'efforcèrent-ils d'oublier l'orage qui s'était levé entre eux ; en vain Pietro sembla-t-il combattre, par plus d'affection, la froideur qu'il avait fait naître. La scène était trop récente pour que le souvenir n'en eût bordât point de cent manières dans leurs adieux. Il y eut de la contrainte dans leurs paroles, du froid dans leurs baisers. Quelque chose de forcé leur enleva ce caractère d'abandon et de franchise que donne aux affections la spontanéité de l'âme. C'est que, dans cette vie intime où se trouvent enchaînées deux existences, on ne porte point impunément atteinte à la quiétude du foyer.

On attache généralement trop peu d'importance à ces petits orages qui troublent par moment le calme domestique. Parce qu'ils n'ont que la durée des mouvements d'irritation qui les font naître, on croit qu'ils passent complètement avec eux : on se trompe. S'ils s'oublient dans un retour de tendresse, les traces qu'ils laissent après eux dans l'âme sont comme ces écritures effacées, que font réparaître les plus simples agents.

Voilà le secret de la désunion de bien des ménages, où les époux s'étonnent, après plusieurs années de vie commune, de trouver tant de froideur amassée entre eux.

L'on ne froisse pas le cœur sans qu'il en garde l'empreinte ; la tendresse est comme un lac : il se calme bien après une tourmente ; mais son eau reste quelque temps trouble : que les grains se succèdent, il perd pour longtemps sa limpidité.

<hr/>

V

CONFIDENCE

..... Nous sommes seuls; écoute.
Voltaire.

Joch Marcello voulut accompagner son ami jusqu'à la caserne.

Ils parcoururent d'un pas rapide quelques-unes de ces ruelles étroites dont l'écheveau s'enlace et se mêle dans l'antique quartier de l'Arsenal.

Ils ne s'étaient point encore adressé une parole, lorsque Pietro, faisant un effort dont la contraction de ses traits put révéler la violence, prit le bras de son compagnon.

— Joch, tu es le seul homme à qui je voulusse faire cette confidence.

Ils ralentirent leur marche; Joch devint plus attentif.

— Nés sous le même ciel, le même soleil nous a donné les mêmes passions. Tu me comprendras..... Une femme est bien faible quand elle est abandonnée à elle-même, au milieu de cette société, où tout ne tend qu'à la circonvenir et à la tromper; elle a besoin d'une voix qui la conseille, d'un bras qui la soutienne, d'un œil qui la surveille.

Il prononça ce dernier mot surtout avec embarras; car ce mot résumait toute sa pensée: c'était un surveillant qu'il voulait donner à Giulia. Il en coûtait beaucoup à son orgueil de faire cet aveu; il eût voulu déguiser à lui-même le secret dont, pour son cœur jaloux, la confidence était une nécessité; aussi ses paroles donnèrent-elles plutôt à deviner qu'elles n'exprimèrent ce qu'il attendait de l'homme qu'il appelait son ami.

Il avait porté son regard sur Joch pour observer l'effet que cette révélation imprévue avait produit sur son visage. Celui-ci était trop adroit pour ne point cacher, sous un intérêt affectueux, la joie que cette confidence lui mettait dans l'âme.

Pietro continua:

— Eh bien! forcé de quitter Giulia sans cesse, je préfère encore qu'elle reste à Paris, à ce qu'elle me suive au milieu des intrigues d'une garnison de petite ville; mais j'attends de ton amitié que, lorsque je serai absent, tu me remplaces auprès d'elle. Ce n'est pas que je la soupçonne... non, elle m'aime, je le sais; mais au milieu des mœurs empoisonnées, parmi ces hommes musqués de beaux sentiments, et dont toute la sensibilité est à la peau, quelle que soit la vertu d'une femme, on doit toujours trembler pour elle.

VI

DÉSENCHANTEMENT

> Tu t'es fanée, jeune rose! car les joies du passé, s'envolant loin de toi, comme des papillons d'or, ont jeté dans ton cœur le ver rongeur du souvenir.
>
> *Adam Mickiewicz.*

Giulia, restée seule, était tombée dans une rêverie dont la sombre obsession avait passé dans ses traits.

Les mains croisées sur sa ceinture, elle tenait ses yeux humides attachés au parquet, son âme à une pensée où ses douleurs présentes s'associaient à un long regret.

La fixité de ses regards, et l'immobilité nerveuse qui roidissait les muscles de son visage, lui donnaient l'aspect d'une statue, où le ciseau de l'artiste eût traduit les fantastiques hallucinations de la dernière Marguerite de Scheffer.

Pauvre femme! qui dans ses chastes rêves s'était créé une destinée, avec toutes les illusions dont l'enfance dore et parfume les premiers espoirs, quel désenchantement lui avait offert le monde!

Oh! quand elle quitta la main de sa mère pour prendre le bras d'un époux, vers quel avenir s'était élancée sa jeune âme! A sa vie première, douce quiétude du foyer domestique, calme, pur, sous l'aile maternelle, — allait succéder une vie de passions, où toute et toujours l'âme vibre, où chaque fibre a ses tressaillements, où chaque affection d'épouse ou de mère a ses ivresses; vie céleste, où deux êtres unis par le cœur, où deux existences fondues dans un amour, allaient s'isoler de tout, ou se rattacher à tout par le bonheur.

Voilà ce qu'elle avait rêvé!

Deux années s'étaient à peine écoulées, que son âme, tombée de la sphère où l'avaient ravie ces douces pensées, languissait exposée aux misères d'une passion toute d'effervescence. Le souffle aride d'une brutalité sensuelle avait dissipé une à une ses pudiques chimères; de tous ses rêves, il ne lui restait plus que des regrets et des larmes pour le présent; pour l'avenir, des craintes et des larmes; — des larmes toujours!

C'est que, hélas! pour que le mariage, tel que l'ont fait nos préjugés, voie durant toute une existence les affections tourner en bonheur, il faut maîtriser bien impérieusement l'éventualité des chances. Quelle heureuse concurrence ne doit pas éclater dans l'accomplissement des faits, pour que deux êtres, pris au hasard, avec leurs répulsions et leurs sympathies, puissent se resserrer et se mouvoir dans le cercle étroit de nos textes, sans qu'ils ne s'y heurtent, ne s'y froissent et ne s'y brisent! Comment ployer deux âmes humaines, — irrégulière et capricieuse nature, — de manière à ce qu'elles se touchent et s'unissent en tous points: affinités, antipathies, fantaisies, goûts, passions; et ne pas les disloquer, et ne pas les briser cent fois!

Cela fait, comment dire à cet accouplement bizarre: Sois éternel.

La mobilité n'est-elle pas le caractère qu'imprime à l'homme sa plus belle prérogative, la liberté? ravissez-la-lui, vous détruisez son avenir. Destinée d'homme, destinée de peuple, tout s'éteint, tout meurt; vous étouffez la société en germe.

L'homme travaille toujours à rendre sa position meilleure. C'est en cherchant le mieux qu'il trouve et développe le bien; son inconstance, sa mobilité, c'est le progrès. Or, la lui contesterez-vous dans l'exercice de ses sentiments?

Deux époux sont aujourd'hui semblables: demain, dans deux années, dans dix, le seront-ils? Leurs caractères, leurs penchants, que chaque jour modifie, ne peuvent-ils se développer en sens inverse? et parce que vous les aurez unis sympathiques; antipathiques, vous voulez les tenir enchaînés! Est-ce raison, cela?

Il a fallu bien de l'insolence pour prétendre écrire *toujours* sur cette arène que chaque flot balaie; dans cet air que renouvelle chaque brise: la tendresse humaine.

Quelle jeune fille a jamais pu prévoir la destinée que commençait pour elle le mariage? Certes? si dans ces heures de mélancolie où Giulia laissait flotter ses pensées, elle eût cherché à deviner quel écueil lui cachait l'avenir, elle n'eût point songé que ce pût être l'amour de son époux; car, d'amour, elle n'en connaissait qu'un, et celui-là c'était son bonheur, c'était sa vie. Elle en avait trouvé le germe dans son âme; elle l'avait peint des couleurs de sa jeune imagination, et idéalisé de toutes les poésies du sentiment.

C'était pour elle ces longues rêveries, si délicieuses et si vagues, que l'on sent ses nerfs tressaillir de doux frissons, ses yeux se mouiller de douces larmes, ces heures de silence et d'extase où l'âme s'arrête pour longuement sentir, où le regard brille et s'abaisse sous un autre regard; et des soupirs, et des baisers, et des étreintes!

Puis des promenades: elle languissante, suspendue au bras de l'époux; promenades où toutes les phrases colorées, poétiques, délirantes, ne veulent dire qu'un mot: je t'aime!

Ou bien encore ces courses du soir, à deux, au clair de la lune, sous les branches des arbres, dans quelque allée bien reculée, perdue: la nature dort, le rossignol chante, les étoiles pleurent de la rosée, et sourient des étincelles: moments ineffables, où c'est assez, pour le bonheur, de sentir près de son bras un cœur battre, une haleine qui, parfois, passe tiède sur la joue: c'était là son amour! Tous ceux qui ont beaucoup vécu trouveront ces rêveries bien misérables: moi, je suis jeune comme elle, je les trouve célestes.

La passion que le mariage lui avait offerte dans sa vie nouvelle, à elle, chaste et pure, si fraîche de sentimentalisme, si puissante d'âme, c'était la fièvre orageuse du sang; une soif effrénée de plaisirs, égoïsme brutal qui s'affaisse et s'amortit avec les sens dans la réplétion de leurs appétits.

Ce bonheur tumultueux, ces jouissances convulsives, jouissances des nerfs, l'avaient épuisée, flétrie, brisée dans leurs délires et dans leurs fougues. Elle avait appelé une brise bienfaisante qui fécondât sa vie, qui l'épanouît, un vent brûlant avait passé sur elle, comme le simoun sur les fleurs d'un grenadier.

Alors, bien qu'elle sentît en elle-même que, pour jouir de cet amour mystérieux qu'elle éprouvait avec tant de puissance, il lui eût suffi de rencontrer dans la vie un cœur semblable au sien, une sœur de son âme, et qu'alors le bonheur dont elle s'était créé l'image fût descendu sur elle en pure félicité, elle avait fini par regarder ces pensées comme des songes irréalisables, comme les mirages du cœur.

Elle s'était répété cette phraséologie banale, que toutes ces vagues idées de tendresses ont pour l'homme de vaines amorces; que le bonheur lui-même est un mensonge, une lueur folle, une ombre fugitive, un fruit dont l'écorce vermeille ne recèle qu'une cendre amère, une fleur que ne fait point éclore notre soleil; toutes les belles métaphores enfin inventées par une philosophie trompeuse ou sans portée pour excuser les abus de la société et perpétuer ses oppressions en égarant les hommes. Comme si la nature avait pu mettre dans notre cœur des instincts sans objets, des désirs qu'elle n'eût pu satisfaire, des besoins qu'elle n'eût pas voulu assouvir!

Ses préoccupations eussent duré longtemps, sans doute. Quelques coups légers, frappés à la porte, les interrompirent.

Giulia redressa vivement la tête, et parut écouter; le même bruit se fit de nouveau entendre.

— Entrez!

On ouvrit.

VII

CAUSERIES AU BAL

Isolons-nous au milieu de ce tumulte, en nous réfugiant dans les saintes solitudes du cœur.

Goëthe.

C'était un jeune homme d'une taille moyenne; sa figure, sans avoir ce dessin large qui caractérise la beauté chez les hommes, offrait une gracieuse finesse de linéaments, qui répandait sur tous ses traits une physionomie d'esprit et de bonté.

Ses yeux étaient grands et vifs; ses prunelles, d'un bleu foncé de ciel, semblaient, à travers leurs longs cils, nager dans un fluide si limpide, qu'on l'eût cru imprégné de lumière. Sa peau blanche et légèrement lavée de lignes bleuâtres, avait une transparence non commune chez les hommes. C'était une de ces figures, aux arêtes vives et légères, que le peuple, pittoresquement expressif dans ses tropes, appelle figure en lame.

Il se nommait Frédéric Dossange.

Dans les salons de M. Devorsent, où Giulia avait rencontré ce jeune artiste (Frédéric peignait moins par profession que par goût), il n'avait pas été longtemps sans fixer ses regards.

L'élégance de sa toilette et les grâces de ses manières l'eussent fait confondre au premier abord avec cette foule brillante et musquée qui papillonne toujours autour des dames, foule froide et fade, sentiments, grâce, intelligence, tout extérieure, toute d'emprunt.

Mais dès que l'attention s'était un instant arrêtée sur lui les différences saillaient si vivement, que l'on était étonné de sa méprise; il y avait de fortes pensées dans cette tête, et dans ce cœur d'énergiques facultés pour haïr et pour aimer. Ce que l'on avait pris pour de la recherche dans sa toilette, n'était que l'ensemble harmonieux d'une mise dont la simplicité faisait toute l'élégance; la grâce de ses manières n'était que l'abandon et l'aisance qui régnaient naturellement dans ses mouvements.

S'il parlait, sa voix s'harmoniait délicieusement avec la douceur des expressions et la suavité des images dont son imagination parait ses pensées; mais il y avait un accent triste, qui révélait d'une manière indéfinissable l'excessive impressionnabilité d'âme que stéréotypait dans ses traits un air habituel de mélancolie.

Dans les divers salons où Giulia avait paru durant l'hiver, il était le seul homme qui l'eût comprise. Une sympathie mutuelle n'avait pas tardé, involontairement et à leur insu, à les entraîner l'un vers l'autre.

Giulia se roidit d'abord contre cette attraction secrète: ce fut avec froideur qu'elle reçut les prévenances de Frédéric; mais pour peu qu'il insistât, cette froideur disparaissait bientôt dans une affectueuse politesse, et cette politesse était, dans ses affections, un pas immense.

Au milieu des murmures qu'une obséquieuse galanterie fait bruire aux oreilles d'une femme jolie, la voix de Frédéric avait éveillé un écho. Giulia pouvait bien résister; mais si, froide et calme, une seule de ses pensées fût descendue dans son cœur, elle eût dès-lors pu redouter la possibilité d'une défaite; son inexpérience ne lui permit de voir aucun danger dans les rapports qui se nouèrent entre leurs affections.

Chaque jour elle cédait davantage à la force de rayonnement que la parole vibrante du jeune homme exerçait sur elle. Tout ce qu'il disait était si vivement senti: la sonorité de sa voix avait quelque chose de si intime, que la jeune femme était étonnée, en l'écoutant parler de sujets vagues, de sentir doucement battre son cœur.

Et puis Frédéric mettait tant de prévenance dans ces bonnes causeries! Arrivait-il à Giulia de laisser échapper de vagues plaintes, il trouvait ingénieusement moyen de les calmer, de les justifier, d'y associer souvent même les siennes, et toujours avec un tact, une délicatesse qui n'eussent pas permis à la susceptibilité la plus ombrageuse de s'alarmer.

Un soir, par exemple, elle se plaignait à Frédéric de ne plus trouver, depuis longtemps, de plaisir dans la danse.

— Pourquoi danser alors? dit Frédéric en souriant.

— Demandez moi plutôt pourquoi venir au bal?

— Eh bien! pardon; mais c'est vous qui m'autorisez à insister: pourquoi venir au bal!

Giulia se tut un instant, puis reprit:

— Je viens au bal chercher quelque distraction à ma vie isolée et calme; je danse pour chercher des distractions à l'agitation constante du bal lui-même. Que faire au bal, d'ailleurs, à moins que l'on ne danse?

— Que faire? mille choses: observer d'abord.

— Simplement?.... C'est bon pour un instant. Critiquer? car c'est le résultat nécessaire de toutes les observations françaises. Que pourrais-je reprendre, moi, dans toutes vos dames? Ce ne serait point le goût d'une parure, la grâce de leur toilette, ni le posé d'une fleur, ni les caprices d'un ruban; si, pour elles, ce n'est même un instinct, c'est l'étude de toute leur vie. Moi, pauvre fille des montagnes, j'ai plutôt besoin de toute leur indulgence.

— Pour ne pas vous flatter, Giulia, je me tais.

Giulia leva légèrement sa main en jetant sur Frédéric un regard oblique où le jeune homme put lire: Nous n'en sommes plus à ces politesses glacées!

— Et puis voyez-vous, reprit-elle, la danse, pour moi, est souvent une raison. Dans cette atmosphère de musique, d'intrigues et d'éblouissement, de sombres idées me passent dans la tête; que ne point me laisser étourdir, attrister, dominer par leur noirceur, je sens la nécessité de me jeter au milieu de ce mouvement, de ce tumulte qui peut tourbillonne autour de moi. Vous souriez; cela peut-être vous étonne: voilà cependant pourquoi je danse; car, je le répète, la danse, je ne l'aime plus.

Comme Frédéric fixait en silence un regard interrogateur sur elle, elle continua:

— Je vous avouerai d'ailleurs (ne m'accusez pas de pruderie: toute modestie à part, ce reproche, je crois ne l'avoir jamais mérité); je vous avouerai que cette liberté du pêle-mêle un carré nombreux; ces mille mains indifférentes qui pressent votre main; ces bras étrangers qui serrent votre taille; la familiarité d'un moment que jette la contre danse entre deux êtres souvent l'un à l'autre inconnus; les incidents des figures, la tumulte, tout cela convient peu à mes goûts.

— Vous ne m'étonnez pas, madame! mais je crois que vous vous trompez: ce n'est point la danse qui vous déplaît; non, ce n'est pas elle: ce sont les mœurs, dont elle est l'expression.

— C'est possible encore.

— Comme tous les arts, reprit Frédéric, la danse est une imitation, elle n'est qu'un symbole. Voyez-la prendre, chez les différents peuples, un caractère qui répond à leurs caractères. A Naples, à Madrid, tarentelle ou fandango, elle est tour à tour lascive et délirante comme les passions espagnoles ou napolitaines. En Allemagne, c'est la valse, molle, tournoyante, ondulée, voluptueuse comme les rêveries sentimentalistes des peuples du nord. Nos mœurs, à nous, sont sémillantes, coquettes, inconstantes, légères; notre danse est sémillante, coquette, inconstante et légère. Nos mœurs frivoles vous déplaisent; notre danse doit vous déplaire aussi. C'est juste, je ne vous blâmerai point, car je ne pourrais être sévère pour vous sans l'être pour moi-même, ayant le malheur, si c'en est un, de partager là-dessus tous vos goûts.

L'orchestre fit retentir un prélude.

— Vous m'avez promis cette contredanse.

Giulia sourit en baissant les yeux, se leva, et, après avoir jeté son écharpe sur son fauteuil, mit dans la main de son cavalier sa petite main blanche gantée.

Ils dansèrent : — avec beaucoup d'exactitude? je ne le dirai pas; grâce à leurs distractions, plus d'une figure fut manquée; plus d'une belle demoiselle, dont tout le plaisir était de sauter, murmura presque haut contre les deux parleurs. Giulia, à chaque oubli, rougissait, confuse; mais elle était si préoccupée de la conversation de son danseur, qu'elle n'entendit aucun de ces murmures.

Cela se passa plusieurs fois ainsi.

Giulia, que les distractions de la société n'arrachaient qu'à de longs intervalles à sa vie d'isolement, se rendit plus fréquemment aux soirées et aux fêtes. Les sollicitations d'une parente âgée, qui, habitant depuis longtemps la capitale, avait présenté les deux jeunes époux corses dans quelques-uns des hôtels dont ils avaient fréquenté les salons, vinrent seconder l'attraction puissante qui reportait les goûts de Giulia vers le monde. Elle y céda rarement d'abord, et toujours avec son mari, qui souvent joignait-lui-même ses invitations à la voix de cette dame; mais celle-ci profitant, après ce premier avantage, des fréquentes absences de Pietro, pour venir arracher sa jolie nièce à ce qu'elle appelait ses froides heures de veuvage, Giulia finit par suivre régulièrement les bals de l'hiver.

Frédéric, de son côté, ne manquait aucune des réunions où il avait l'espoir de rencontrer Giulia, et sa tendresse trouvait toujours moyen de se rapprocher d'elle, sans pourtant la compromettre jamais : c'était une place qui se trouvait vide, et que semblait lui faire occuper le hasard; c'était plus fréquemment encore une valse, une table d'écarté ou une contredanse.

Sur la fin de l'hiver, Giulia dansait avec plaisir.

Ces causeries sur le carré, si spontanées, si bizarrement accidentées par les figures, vingt fois rompues, et qu'un regard, un sourire, un serrement de main renouaient vingt fois au milieu de la danse, avaient pour elle un charme d'enivrement dont elle ne pouvait se rendre compte : la cause en était pourtant dans son cœur!...

Puis venaient ces conversations dans une bergère, tendres, psychologiques, complimenteuses, où l'on se dit, à travers le tulle et le nacre d'un éventail, de si douces choses, que, sans ce demi voile, une jeune femme se prendrait souvent à rougir. Et Giulia trouvait, dans ces moments, le bonheur calme, délicieux, rêveur, qu'elle n'avait jamais connu que dans ses pensées de jeune fille, et qu'elle avait tant regretté depuis.

Elle s'y livrait si naturellement avec tant d'abandon, que, candide et pure, elle ne pensait point qu'on pût le lui reprocher jamais.

Pietro s'en était aperçu; la jeune femme avait accusé ses reproches d'injustice; il avait fallu la voix de Frédéric pour dessiller ses yeux : mais il était trop tard. Si elle ne répondit pas à ses paroles d'amour, celui qui eût pu lire dans son cœur y eût trouvé moins de douleur que de surprise.

Voici comment se passa cette scène :

———

VIII

JE VOUS AIME

Nous étions tous les deux debout, à la croisée,
L'œil au ciel, et sa main sur la mienne posée.
Elie Mariaker.

Ce fut dans une des dernières soirées de l'hiver, au milieu d'un bal de mi-carême, — nuit traditionnelle de folle gaieté, bouture italienne de religion et de plaisir, si bien prise sur nos mœurs sceptiques, — que Frédéric fit à Giulia cet aveu.

Minuit était sonné depuis longtemps; l'heure bruyante, hardie, échevelée était venue : cette heure, la dernière du carnaval, moment d'enivrement, d'abandon et de liberté,

où tous les visages suent sous le masque, où l'on rit haut, où l'on parle haut, où les frisures tombent, où les fleurs se brisent à la ceinture, dans les mains, dans les cheveux.— Le bal était dans sa plus grande beauté; bruit, tumulte, éclat, parfums, éblouissement, vertige.

Toutes les pendules marquaient alors deux heures.

Dans les six pièces où dansait, intriguait et circulait la foule, on trouvait à peine champ pour une contredanse ou une valse; c'était une mer de soie, de tulle et de velours, une mer dont les plumes, les esprits, les saules pleureurs et les marabouts formaient les lames et l'écume.

Giulia, qui avait quitté le bras de son mari sur l'invitation de valser que lui avait adressée un jeune pierrot, satin noir et rouge-cerise, n'avait pu le retrouver dans cette contredanse ondoyante et confuse; peut-être qu'aussi elle ne l'y avait point bien consciencieusement cherché. — Son cavalier était Frédéric.

Tous deux s'étaient approchés de l'une des fenêtres qu'avait fait ouvrir l'excessive chaleur. Un rideau de soie bleue les séparait de la fête.

Cette croisée ouvrait sur la Seine. Grossie par les pluies de février, elle coulait rapide entre ses deux rangs de quais, où la lumière rougeâtre des réverbères en ce moment veillait seule.

À peine si un équipage, avec ses deux étoiles au front, traversait de temps en temps les ponts, qui, après son passage, restaient longtemps déserts.

Tout était silencieux du côté des faubourgs; un bruissement sourd et éloigné se faisait seul entendre dans la direction des quartiers aristocratiques; les deux grands bras de la Cité, les deux villes jumelles, Antoine et Marceau, se reposaient de leurs fatigues.

Frédéric et Giulia tinrent quelque temps leurs regards posés sur le panorama vague qui se déroulait sous leurs yeux, et qu'une lueur douteuse éclairait à peine.

Le temps était voilé, mais l'air était si tranquille, que les deux amis le sentaient avec délices baigner leurs tempes brûlantes, où seule une pluie fine descendait doucement du ciel, où la lune flottait incertaine, noyée dans une atmosphère de vapeurs.

Cette nature s'harmoniait admirablement avec les dispositions où la valse avait laissé Frédéric et son amie Ce n'était point cette joie bruyante qu'une contredanse jette dans la tête et dans le cœur, que le masque donne aux timides les plus candides et les plus timides; ce n'était point cette gaieté dont ils n'étaient séparés que par une étoffe légère; l'émotion qu'ils éprouvaient était calme, sereine, intimement heureuse, et pourtant profondément mélancolique.

Vous connaissez sans doute cette valse, motif divin dont les notes n'appartiennent à l'âme humaine que par les émotions qu'elles y font vibrer, cette élégie musicale, dernier chant du cygne de l'Allemagne, que, dans la nuit de son agonie, composa Beethowen; Beethowen, ce sourd merveilleux, dont les oreilles s'étaient depuis longtemps fermées à la terre pour mieux entendre les concerts du ciel! C'était cette suave et palpitante mélodie que venait d'exécuter l'orchestre, et qui retentissait encore dans leurs deux cœurs.

Frédéric rompit ce silence par une exclamation où passa tout l'enthousiasme qu'il ressentait pour le grand maître, puis il raconta à cette femme émue l'histoire merveilleuse de cette valse.

Il lui dit comment l'homme harmonieux, le front jaune et ridé sur l'oreiller blanc, ses yeux ouverts au ciel, une main sur sa poitrine, l'autre étendue vers la femme qui, parmi les hommes, avait été sa compagne, il murmura, de sa voix affaiblie par la mort, cet *andante*, sublime adieu au monde, salut au ciel, anneau harmonieux qui devait unir ses chants terminés sur la terre à ceux qu'il allait commencer dans le chœur des élus.

Et puis, ayant parlé de leurs impressions propres, de la fête, des bals qui l'avaient précédée, il ajouta :

— Quels que soient, madame, les fruits qu'il produise désormais, cet hiver doit occuper une large place dans ma vie. Heureux ou malheureux, j'en conserverai toujours religieusement les souvenirs; car, Giulia, au milieu de ces fêtes, j'ai connu des heures bien douces!... Oh! oui.

Il soupira, et après lui avoir pris la main :

— Merci à vous!... car c'est à vous, madame, que j'ai dû ce bonheur... Merci!

Giulia, sans répondre, porta tristement sur la ville endormie les regards qu'elle avait d'abord arrêtés sur le jeune homme. Frédéric continua :

— Mais la saison des bals touche à sa fin ; celui-ci est sans doute le dernier que l'on donne dans ces salons ; le bonheur que j'y ai goûté n'était-il qu'un songe ? Ce moment va-t-il être celui du réveil ? »

La jeune Corse ne put étouffer un soupir.

— Dois-je donc renoncer, poursuivit Frédéric, à toute espérance de vous revoir, de me retrouver auprès de vous ? Cette existence nouvelle que j'ai si longtemps souhaitée, et que m'ont faite vos regards, que m'ont embellie votre affection et votre confiance, doit-elle sitôt s'évanouir ? Oh ! dites que non, dites que non, Giulia ; dites-moi que vous ne m'oublierez pas, que je vous reverrai.

— Frédéric, répondit cette femme, profondément émue, je ne puis, vous le savez, vous donner cet espoir : je ne suis pas libre...

— Oui...

Il fut quelque temps avant de répondre :

— Mon Dieu ! pourquoi donc ne l'ai-je pas connue plus tôt ?

Rabaissant alors sur Giulia les yeux qu'il avait élevés au ciel :

— Ah ! si le sort vous eût mise sur ma voie, ma destinée eût été complète ; car je sens là, madame, que la nature avait mis quelque chose de commun entre nous ; elle avait fait nos cœurs pour s'aimer, comme elle les a faits pour se comprendre. Pourquoi moi, qu'en s'envo ant ont laissé sombre et glacé les plus chères illusions ; moi, indifférent auprès des autres femmes, me suis-je senti entraîné irrésistiblement vers vous ? Pourquoi, vous, dont la froide dignité écarte tant d'hommages, avez-vous accueilli les miens avec bonté ?... C'est que, voyez-vous, le ciel a jeté au hasard dans le monde bien des âmes fraternelles : isolées, elles souffrent, elles désirent ; mais que les circonstances les rapprochent, elles se reconnaissent et s'élancent l'une vers l'autre avec amour, et voilà ce qui est arrivé pour nous. Maintenant que je vous ai connue, qu'un seul de vos sourires a suffi pour réaliser mes plus doux rêves, loin de vous je ne puis que languir ; tout lien de bonheur qui eût pu m'attacher à la vie est rompu ; car ce n'est que par vous seule désormais que je puis connaître le bonheur. Vous l'avez bien deviné, Giulia : n'est-ce pas que vous avez bien deviné tout ce que vous m'inspirez de tendresse ?

— Monsieur Frédéric, répondit Giulia d'un ton affectueux où elle voulait mettre de la sévérité ; je ne vous comprends pas. Je pense que vous m'estimez assez pour ne pas oublier que vous parlez à madame Falcom.

L'orchestre s'était arrêté en ce moment, Giulia écarta légèrement le rideau.

Beaucoup de temps s'était écoulé pendant leur entretien, sans doute ; les salons étaient devenus moins tumultueux ; la danse, que ne gênait plus la circulation, se déployait moins empressée, mais plus bruyante.

« Restez encore un instant ici, Frédéric..... Pietro me cherche sans doute, il doit être inquiet.... Adieu !

— Eh bien ! Giulia, vous reverrai-je ?

— Adieu ! »

Ce fut ainsi qu'ils se séparèrent. Frédéric, le cœur froissé, elle peut-être avec un remords ; mais revenons au drame qui va naître de la présence de Frédéric dans l'appartement de madame Falcom.

IX

DEVOIRS.

Si tu t'éloignais de moi, je retomberais dans le néant ; non plus dans ma vie d'autrefois, si pure et si paisible, mais dans une vie de regrets affreux, de souvenirs désolants, qui durerait peut-être bien longtemps, Rita !

Eugène Sue.

A l'aspect de Frédéric, Giulia était d'abord restée immobile ; mais comme n'ayant de timidité que son émotion, il s'avançait vers elle, un regard de bonheur dans les yeux :

— elle se leva, rouge et troublée.

— Que désirez-vous, monsieur ?...

Le jeune homme s'arrêta.

— N'avez-vous point reçu ma lettre ? votre présence à la fenêtre, lorsque j'ai chanté, n'était-elle pas un consentement ?... je me rends auprès de vous.

Giulia devint pâle d'étonnement.

— J'ignore ce que vous voulez dire ; je n'ai rien reçu. Si je me suis mise à la fenêtre, c'était pour respirer l'air, et seulement pour cela.

— Giulia !...

Frédéric leva sur elle des yeux suppliants. Il y avait tant d'amour dans son regard, qu'il fit baisser celui de la jeune femme ; ils ne virent plus, Giulia dans la lettre, qu'un prétexte pour se présenter chez elle ; lui, dans les paroles de son amie, qu'un moyen de ne pas rougir. Aussi, malgré ses efforts, celle-ci ne put-elle conserver l'air froid qu'elle avait pris d'abord.

— Vous le savez, monsieur Frédéric ; je vous l'ai dit, je ne puis vous recevoir. Cet hiver, j'ai été imprudente de vous écouter avec tant d'intérêt. Vous avez pu prendre mon affection pour de l'amour : j'ai eu tort ; mais ici je serais criminelle. Ne me forcez point, en insistant, à regretter ma faute... Frédéric, serait-ce à vous de m'en punir ?

Sa voix était devenue tremblante.

— Madame !...

— Vous ignorez à quel danger vous m'exposez si l'on vous rencontre ici ? vous ne voulez pas faire mon malheur, n'est-ce pas ?

— Votre malheur ! oh ! tout mon sang, toute ma vie pour racheter une seule de vos larmes, et je serais encore bien heureux ! Mais que pouvez-vous craindre ? qui pourrait nous surprendre ? personne. Votre mari vient de partir ; il est déjà loin maintenant.

Prenant alors l'accent de la prière, il ajouta :

— Ne me repoussez pas !...

— Et mes devoirs, monsieur ! répondit-elle en baissant les yeux.

Le ton timide avec lequel furent prononcées ces paroles détruisit ce qu'il y avait de sévère en elles. Cette objection est pourtant la dernière arme d'une femme : après ces mots-là, plus de discussion possible ; si la lutte continue, la défaite est inévitable ; car, cet obstacle brisé, tous les autres sont faciles à franchir.

— Vous connaissez mon amour ; il n'est pas exigeant. Que vous demandé-je ? beaucoup ; oui, beaucoup sans doute ; mais rien qui puisse vous inspirer un remords : une heure à vous voir, à vous parler, à vous dire comme je vous aime, et c'est tout ; c'est assez ; car, après vous avoir vue, vous avoir entendue, j'ai pour bien longtemps de bonheur dans l'âme.

L'émotion rendait les paroles de Frédéric si palpitantes ; tant de fascination vibrait dans son regard, que Giulia ne pensa point à lui retirer sa main qu'il avait saisie.

— Monsieur, j'ai tort de vous écouter ; je devrais vous repousser avec colère ; et pourtant, avec vous, je descends à la prière : Frédéric, je vous en conjure, retirez-vous. Vos intentions sont loyales, sont pures ; mais moi, je suis trop faible : je dois vous éviter. Frédéric, tenez ! soyez généreux : pour mon repos, pour votre bonheur, cessons de nous voir ; aimez-moi assez pour m'oublier : je vous en prie.

— Vous oublier ! demandez-moi quelque chose qu'il me soit possible de vous sacrifier, fût-ce ma vie ! mais vous oublier !... Autrefois je l'eusse pu, quand je vous connaissais à peine ; maintenant que j'ai appris à chérir tout ce qu'il y a de vertus, de trésors dans votre cœur, votre amour est devenu ma vie ; oui, c'est lui qui la colore, l'échauffe, l'anime ; sentiments, goûts, pensées, habitudes, il dore, il féconde tout. C'est un rayon de soleil sur la nature : sans lui, tout est morne, froid, obscurité, silence ; mais qu'il brille, tout s'éveille, s'avive, tout devient parfum, harmonie, éclat.

L'accent et le sentiment de ces paroles gagnèrent si profondément Giulia, qu'elle put à peine retenir les larmes qui baignèrent le bord de ses paupières ; un sourire languissant effleura légèrement ses lèvres et vint y mourir.

Leur conversation se prolongea ainsi, brûlante dans les paroles de Frédéric, tendre dans celles de la jeune femme, qui ne cessait pourtant d'appuyer sa résistance sur sa position et ses devoirs. Et comme Frédéric insistait plus vivement sans cesse :

— Vous n'êtes point raisonnable, lui dit-elle, vous savez

que je ne puis rien pour vous; j'appartiens à un autre.

L'expression mélancolique du visage de Frédéric devint sombre; l'étreinte dans laquelle il retenait la main de son amie ne fut plus un serrement de tendresse, mais une pression convulsive.

— C'est vrai, reprit-il, la loi l'a dit. En enchaînant le corps, ils ont cru fixer l'âme...

— Que voulez-vous! la loi n'a-t-elle point toujours été ainsi?

— Oui, la loi! Admirable raison sociale, comme ils nomment cette prétendue sagesse écrite. Vous avez posé sur votre front une couronne de fleurs; mais votre front est trop délicat, ces fleurs cachaient des épines qui le déchirent; tant pis! L'âcreté de leurs parfums vous jette des éblouissements, tant pis encore; votre front saignera; vous aurez des vertiges, mais vous l'avez prise, vous la garderez. Et si ces fleurs se flétrissent? se décomposent? si on les souille? tant pis! tant pis! pour que votre tête en soit affranchie, il faut qu'elles tombent d'elles-mêmes. Mais la souffrance peut se changer en poison dans votre cœur. Pour hâter le moment de votre délivrance, si vous les faites tomber vous-même; qu'importe à la loi! elle a tout prévu : il y a des guichetiers et des bourreaux!...

— Frédéric, ne parlez pas ainsi!

Son accent, ses regards, tout suppliait en elle. Cependant, le sentiment de dignité qui dominait dans ses paroles leur donnait quelque chose d'imposant :

— Pourquoi creuser ainsi dans mon cœur? ne craignez-vous pas de le déchirer? voudriez-vous me forcer à rougir? vous vous trompez, d'ailleurs, Frédéric : j'aime mon mari, je l'estime; si ce n'était pas, je serais bien coupable; car, enfin, je n'ai reçu de lui que des preuves de dévouement. Plutôt que de souiller le nom qu'il m'a donné sans tache, Frédéric, je me balancerais pas s'il fallait mourir.... »

Et comme Frédéric la regardait avec étonnement :

— Vous ai-je jamais dit une parole qui vous laissât penser que je n'aimais pas Pietro? qui donc a pu vous le faire croire?

Ce qu'exprimait Giulia, elle le ressentait alors; elle s'accusait bien en secret de l'affection qu'elle portait à Frédéric, mais elle n'avait jamais pensé que cette amitié, trop vive peut-être, pût étouffer l'amour qu'elle devait à son époux. Aussi sa voix prit-elle une fermeté que peut seul donner le sentiment du devoir, quand il repose sur une conviction profonde.

Frédéric en fut surpris.

— Mais, madame, vous devez savoir que ce ne sont point des suppositions que je me permets. Ne conservant plus l'espérance de vous revoir dans le monde, après le brusque adieu que vous me jetâtes au dernier bal, j'ai voulu du moins me rapprocher de vous; l'appartement voisin était libre; je l'ai occupé. Or, il n'y a pas un mur d'airain entre nous. De là, n'ai-je point entendu cent fois les reproches, les colères de votre mari? et au milieu de ses emportements, votre voix, à vous, douce et plaintive, pleine de larmes? je les ai entendus, Giulia, et j'ai bien souffert!...

Elle parut étonnée : il se tut un silence. Frédéric reprit :

— Vous le nieriez en vain : vous n'êtes pas heureuse. Eh bien! que vous demandé-je? rien, madame, rien que ce que l'on accorde à une amitié froide : une part dans vos peines, la moitié de vos douleurs. Pourquoi m'avoir reçu dans votre confiance, dans votre intimité, pour m'en rejeter après?

Lui ayant alors repris la main qu'elle avait retirée de la sienne, il ajouta d'un accent plus tendre encore :

— Accordez-moi la grâce d'être auprès de vous quand vous souffrirez; près de vous pour vous offrir, en consolations, l'amour que vous donnerez à un autre en bonheur. Consentez-vous? dites! oh! je vous en supplie!

Et pressant avec amour dans ses deux mains les mains de son amie, il poursuivit :

— Pour vous je trouverai dans mon cœur de ces paroles qui sèchent les larmes; de ces tendresses qui guérissent les douleurs. Et si ce n'est pas assez, Giulia, nous ferons mieux... Nous pleurerons ensemble.

La jeune femme était émue. Son sein agité faisait onduler le velours de sa pèlerine; ses longs cils s'étaient abaissés sur ses yeux!

Un bruit de pas se fit entendre dans le corridor. Elle redressa la tête son visage pâle; tous les deux se levèrent. Frédéric voulut la rassurer, mais le bruit continuait. Les regards attachés sur la porte, elle imposa de la main silence au jeune homme.

Il se passa un instant durant lequel on eût entendu battre leurs deux cœurs. Les pas s'arrêtèrent.

— Je suis perdue!

Ces trois mots furent prononcés avec angoisse.

On venait de frapper faiblement. Ses regards bleuirent; ses genoux tremblèrent; sa tête s'emplit de vertiges.

On heurta plus fort : ce bruit sembla lui rendre son énergie; les couleurs revinrent à son front; elle ne balança plus.

— Ouvrez!

La porte s'ouvrit.

———

X

UN CORSE

...C'est que la haine, en ce pays, n'est pas
Un géant, comme ici, fier et levant le bras :
C'est une empoisonneuse, en secret accroupie
Au revers d'un fossé.

Alfred de Musset.

C'était Joch Marcello. Le sourire amer qui grimaçait sur ses lèvres eût révélé seul tout ce qu'il éprouvait de joie haineuse, si le feu qui brillait dans ses yeux éraillés ne l'eût exprimé avec une vérité encore plus odieuse; il y avait dans toute sa physionomie, non pas un reproche, mais le sarcasme qui écrase toute excuse sous sa brutale ironie.

Frédéric, rouge et troublé, essaya de cacher son imprudence par une feinte.

— Je suis désolé, madame, dit-il d'un ton assez naturel, de vous avoir dérangée par cette méprise. Excusez-moi, je vous en supplie.

Il salua et sortit.

———

XI

VENDETTE

Héritage de mort, que le père expirant
Transmettait à ses fils dans un mandat de sang.
Malotto.

Un coup d'œil sur le passé devient nécessaire pour l'intelligence complète des faits au milieu desquels l'action va dérouler sa péripétie.

Pour apprécier et juger la moralité de l'effet, il importe de connaître d'abord la cause. Les événements que va reproduire cette histoire, ayant pour moteur une haine, qui, loin de se tarir, n'avait fait que s'envenimer en fermentant seize années dans le cœur de Marcello, nous rapporterons les faits au milieu desquels ces ressentiments prirent naissance.

En Italie, terre où l'homme a dans l'âme quelque chose du sol de volcans qu'il habite, la vengeance, comme les autres passions, se développe avec une violence que, presque toujours, ne peuvent calmer ni les obstacles ni les temps.

Dans les Espagnes, contrées où le caractère des habitants semble absorber, comme les raisins, la chaleur fiévreuse du soleil, elle est plus obstinée et plus orageuse encore. On hait dans ce pays comme l'on y aime, et l'amour n'y est pas, comme dans nos climats, un léger épisode de la jeunesse; il y est la vie elle-même; la vie de tous; toute la vie. Là, le vieillard aime comme la jeune fille, et l'on aime la femme un stylet à sa jarretière, l'homme une dague dans sa ceinture. Une fois enflammé, le cœur, comme le *papelito* dont les brunes senoras s'enivrent, ne s'éteint que lorsqu'il est complétement consumé.

Or, c'est ainsi que l'on y hait.

Nulle part pourtant, dans ces deux contrées, les passions haineuses ne se manifestent par l'énergie violente et impérissable qu'elles prennent dans le caractère du Corse.

Si là, elles sont l'expression d'une organisation ardente et fougueuse; en Corse, les préjugés de l'éducation secondent si puissamment cette violence du sang, que toute *vendette* y acquiert l'exaltation du fanatisme, et cette vendette ne reste pas une question personnelle; la solidarité s'en étend sur deux familles; elle se change en un héritage sacré que la génération vivante a quelquefois reçu de celle qui l'a précédée, et qu'elle transmet toujours à celle qui la suit. Sans cesse arrosée de sang, cette haine croît dans le sang, et ne meurt que lorsque l'un des deux côtés le sang vient à tarir.

Joch Marcello, dernier rejeton d'une famille tombée sous les coups des Falcom, qui tous, hors Piétro, avaient péri eux-mêmes sous les coups des Marcello, n'avait point oublié que, puisque celui-ci vivait encore, leur lutte n'était pas finie; qu'il restait encore une scène pour dénouer ce drame, auquel, comme on va le voir, il avait déjà pris une part sanglante, et que cette scène, c'était à lui de l'accomplir.

———

XII

1802

> Sois le bienvenu; reste, ami, ne te fais faute
> De rien. Et pour ton nom, tu t'appelles mon hôte.
> *Victor Hugo.*

A cette époque, il existait peu de maisons dans toute la Corse dont les dissensions eussent eu plus de retentissement que celles des Marcello et des Falcom. La terreur dont trente meurtres avaient entouré ces deux noms, commençait pourtant à faire place à un sentiment de commisération profonde, car cette lutte allait finir.

Le fer et le plomb avaient si cruellement moissonné ces deux races, que sur ces souches fécondes il ne restait plus que deux rejetons, Andréa Marcello et Jacomo Falcom. Or, n'était-ce point vraiment pitié que de voir deux belles et nombreuses familles disparaître ainsi dans le sang?

Figurez-vous un beau soir au pied de cette longue chaîne de montagnes, qui se prolongeant du cap le plus septentrional de la Corse au détroit de Bonifacio, traverse cette île comme une immense épine dorsale, dont chaque piton serait une vertèbre.

Le ciel n'est bleu que sur votre tête : encore affecte-t-il par endroits des teintes jaunâtres ou gris de perle; le couchant est or, l'orient est pourpre, tout est rose dans la campagne et sur le versant des monts.

Vous avez le spectacle qu'offrait dans la soirée du 16 août 1802 une plaine située à six lieues à peu près à l'ouest de Calvi, lorsque deux cavaliers, deux jeunes époux, y débouchèrent, au sortir d'une gorge étroite.

Les difficultés du sentier escarpé et raboteux qu'ils avaient été forcés de suivre pendant plus d'une heure, avaient sans doute vivement excité leur impatience, car la route leur offrit à peine une voie plus facile que le mari pressant de l'éperon son petit cheval corse, la dame cinglant sa mule de plusieurs coups de houssine, firent prendre à leurs montures un galop, qui, par un chemin irrégulier, comme le sont les plus belles routes corses, était loin d'être sans danger.

Rien pourtant ne sembla moins les préoccuper que les périls de cette course.

La jeune femme promenait avec bonheur ses regards sur le spectacle que lui offrait cette nature âpre, presque inculte, mais belle de sa nudité sauvage, belle de la parure féerique que, dans ses caprices d'ombre et de lumière, lui jetait alors le ciel. Ses yeux ne se détachaient des montagnes, dont les reflets du couchant noyaient alors la couleur bleue dans les teintes les plus légères et les plus molles que la laque carminée puisse offrir au pinceau, que pour les

porter sur de hauts pins et des châtaigniers gigantesques, dont le bouquet, se dressant sur une hauteur voisine, se découpait sur le fond enflammé du couchant, comme un panache noir sur le cimier d'un casque.

L'impression que cette belle soirée avait excitée dans l'âme de son mari avait d'abord été la même, calme, sereine, heureuse. Mais la vue de celui-ci s'étant arrêtée sur une jolie villa, aux blanches murailles encadrées de verdure, dont les fenêtres resplendissaient alors d'un éclat rouge et ardent, comme si elle avait été la proie d'un incendie, de tristes souvenirs et de funèbres appréhensions assombrirent ses traits par une expression menaçante et inquiète.

Ces deux cavaliers étaient Andréa Marcello et Thérésa Sanneddi, qu'il venait d'épouser au son retour de France, où il devait bientôt rejoindre son corps. Un de ses compatriotes, le jeune Bonaparte, lui avait fait obtenir des épaulettes dans un régiment d'artillerie où il servait alors, mais qu'il avait quitté depuis pour commander les armées de la république.

La maison sur laquelle s'étaient arrêtés les regards d'Andréa était habitée par Jacomo Falcom et sa mère.

Ils continuèrent cependant leur route, Marcello profondément préoccupé, Thérésa contemplative ou distraite; ce ne fut qu'aux environs d'une petite auberge, assise à un point où la route s'enfonce entre deux maquis, que, sur une observation d'Andréa, les deux époux arrêtèrent leurs montures et sautèrent à terre.

— Vos seigneuries désirent-elles que je fasse entrer leurs chevaux dans l'écurie? Ils y trouveront la litière la plus fraîche et le meilleur fourrage qu'ils puissent fouler et manger dans le pays.

Celui qui fit cette offre était un petit bonhomme à l'œil noir et vif, qui était accouru, tenant dans sa main la *baretta pinneta*, coiffure nationale des montagnards corses.

— Nous ne nous arrêterons qu'un instant, lui répondit Marcello. Attachez-les à ces anneaux, vous leur donnerez un seau d'eau et deux mesures d'avoine.

Pendant que l'hôtelier saisissait les deux animaux par les brides, Andréa prit les pistolets qui reposaient dans les fontes de sa selle.

Entré dans la maison, son premier soin fut de rassurer leurs pierres et de visiter leurs amorces. Puis il les déposa sur une table épaisse en bois de noyer, près de laquelle Thérésa s'était placée. Le maître de l'auberge ne tarda point à reparaître.

— Eh bien! mon brave, ne dit-on rien de nouveau dans le pays?

— Que voulez-vous qu'on dise de nouveau dans nos maquis, si ce n'est quelque bagatelle : un gendarme qu'expédie une balle, par exemple; ou quelque misère de coups de stylet?... Nous sommes, voyez-vous, dans une contrée bien tranquille.

— Le *caporale* Falcom habite toujours dans le voisinage, je crois?

A ce nom, le teint brun de la jeune femme se couvrit d'une pâleur subite. Elle attendit d'un air inquiet la réponse du vieillard.

— Toujours, seigneur...Tenez, reprit-il, après une courte pause, en approchant de son visage l'index de sa main droite, je ne serais pas étonné quand on trouverait demain matin quelque cadavre sur la route. »

Les yeux de Thérésa se fixèrent avec anxiété sur les traits de son mari.

— Eh! qui peut, par hasard, vous inspirer ces craintes? reprit celui-ci d'un air indifférent.

— C'est que, voyez-vous, reprit le petit homme en hochant la tête et pinçant les lèvres, nous connaissons notre monde et notre pays. On ne va pas, à cette heure, guetter les palombes et les merles dans les lentisques; on ne se met pas plus à la piste des sangliers, nous qu'à la poursuite des mouflons, enveloppé dans un *pelon*, et j'ai vu, il n'y a pas une heure de cela, le *caporale* Falcom, sans chiens, enveloppé dans sa cape, dont le canon de son escopette relevait un des pans, se diriger vers le maquis. Je n'ai pas eu besoin de le voir examiner attentivement le chemin de la montagne avant de se perdre dans les broussailles, pour me dire en moi-même que la nuit ne se passerait pas sans qu'il fût tiré quelque mauvaise balle.

Thérésa attendit, en tremblant, la décision qu'allait prendre son mari.

Celui-ci, après être resté quelques instants dans une sombre rêverie, paya le maître de l'auberge, l'avertit de préparer les chevaux, et se leva.

— Mon ami !... dit alors Thérésa en portant sur Marcello un regard consterné.

— Soyez sans crainte, madame, lui répondit celui-ci d'une voix comprimée et d'un ton sévère, en lui indiquant l'hôtelier d'un signe de tête.

La pauvre femme baissa les yeux. Un instant après ils étaient tous les deux en selle. Au lieu de suivre le sentier qui disparaissait au milieu des myrtes et des aloës, dont la végétation confuse formait, en cet endroit, un champ buissonneux, les jeunes époux prirent un chemin détourné qui les reportait sur leurs pas.

Les arbres languissants et chétifs, dont il était bordé, ne tardèrent pas à être remplacés par une végétation plus vigoureuse; après une demi-heure de marche dans une route assez étroite, où le crépuscule, étouffé par le feuillage épais des chênes et des ormes, ne laissait flotter qu'une clarté douteuse, les voyageurs entrèrent dans la cour d'une villa où les aboiements de plusieurs chiens annoncèrent leur venue.

Un domestique, qui accourut à ce bruit sur le seuil, sembla tout étonné en reconnaissant les visiteurs. Marcello sauta à terre, passa la bride de son cheval à son bras, et s'avança vers lui.

— Le seigneur Falcom est-il ici?

— Il est absent pour l'instant.

— La signora Falcom?

Comme le domestique semblait incertain de la réponse qu'il devait faire, Andréa poursuivit:

— Voudriez-vous lui annoncer qu'Andréa Marcello et son épouse, surpris par le soir au sortir de la montagne, viennent franchement lui demander une nuit d'hospitalité.

Ils attendirent un instant, Thérésa toujours montée sur sa mule, son mari debout, près du seuil. Le domestique reparut avec un enfant, qui conduisit les deux animaux dans les écuries, pendant que son compagnon introduisait les étrangers et leur exprimait le regret que la signora, retenue depuis quelques jours au lit par une indisposition assez grave, éprouvait de ne pouvoir les recevoir elle-même.

— Mais, ajouta-t-il, on va avertir le *caporale*, qui ne tardera pas à être de retour.

Ce retour se fit cependant attendre près d'une heure.

Andréa et Thérésa, à qui l'on avait servi quelques rafraîchissements, avaient pu examiner à loisir la sévère simplicité de cette salle, dont les flammes du foyer et une petite lampe de fer éclairaient les noires boiseries, lorsque l'aboiement des chiens annonça l'arrivée de Jacomo.

Il fut déposer ses armes et son pelon dans une pièce voisine, avant d'entrer dans la salle. Dès qu'il y parut, Andréa s'avança vers lui.

— Salut, frère.

— Salut, frère, reprit Jacomo.

Puis, il s'inclina devant Thérésa, qui s'était levée.

— Je n'ai pas oublié, reprit Marcello, que la haine qui existe entre nos deux maisons ne peut s'éteindre qu'avec l'une d'elles. Je respecte trop mon nom et j'estime trop t n caractère pour avoir la pensée qu'il puisse jamais en être autrement. Mais il y a toujours eu dans nos vendettes autant de loyauté que d'énergie. Surpris par la nuit, dans un pays couvert, je suis venu sans crainte te demander l'hospitalité.

— Tu as bien fait, frère, répondit Jacomo en lui tendant la main. Merci!

— Si j'eusse été seul, Falcom, quelqu'eût pu être le danger, j'eusse continué ma route; mais, voyageant avec une femme, j'ai dû lui épargner les inquiétudes d'une marche dans l'obscurité.

— Sois sans crainte, tu es mon hôte; personne, ici, ne peut te manquer sans me faire un outrage personnel: demande, ordonne; sois libre ici comme chez toi: cette maison est la tienne.

Après un souper où la bonne chère corse se produisit dans son luxe, sinon de délicatesse, du moins d'abondance: un pâté de sanglier, quelques pièces de venaison, du fromage, un gâteau de châtaignes et quelques bouteilles d'un vieux vin d'Espagne, Falcom conduisit les deux époux dans la chambre qui leur avait été préparée.

Le lendemain, il était dix heures du matin au moment où Jacomo reconduisit Marcello et Thérésa le long du sentier ombreux qu'ils avaient parcouru la veille. Arrivés sur le bord d'un ruisseau dont le courant bornait les propriétés de Falcom, les deux époux montèrent sur leurs chevaux, après lui avoir fait leurs adieux.

— Une parole, seigneur, dit Jacomo d'un accent sévère, à l'instant où Andrea se préparait à s'éloigner. Il y a un instant, tu étais mon hôte, maintenant, rappelons nous que nous nous nommons, toi Andréa Marcello, moi Jacomo Falcom. Adieu!

— Adieu!

XIII

NEUF ANNÉES

On croit qu'elle est morte : elle dort.
Dolores Sylva.

Cet accident changea-t-il, à l'insu des deux ennemis, la nature de leurs sentiments? Fût-ce les circonstances ou l'influence des mœurs françaises qui assoupirent, faute d'aliment, ces haines prêtes à s'éteindre? Quelle qu'en fût la cause, les neuf années qui suivirent ce rapprochement s'étant écoulées sans ajouter de nouveaux sanglants à l'histoire des deux familles, l'opinion publique dut croire que l'ardeur de vengeance qui avait brisé les unes contre les autres les générations auxquelles Andréa et Jacomo survivaient seuls, s'était, à la longue, consumée d'elle-même dans l'indifférence et dans l'oubli, comme ces braisers qui, faute d'être excités, s'en vont en cendres. Cela était; mais, cette cendre recelait une étincelle qu'un souffle pouvait ranimer, et la fatalité voulut que ce souffle tombât sur elle.

XIV

1811

Que vous avais-je dit : qu'ils se retrouveraient.
Alfieri.

Il était à peine trois heures du soir, et pourtant, bien que l'on fût encore dans la saison des longs et beaux jours, une demi-obscurité, causée autant sans doute par le petit nombre et l'étroitesse des fenêtres, que par les lambris en bois de châtaignier, dont la couleur, poussée au noir par la fumée et par le temps, absorbait la lumière, régnait alors dans une salle spacieuse, où une vingtaine d'hommes graves se trouvaient réunis par une convocation qui excitait moins de sympathie que de défiance.

Ce jour douteux teintait d'une manière singulièrement heureuse ces rudes physionomies avec lesquelles la bizarrerie des costumes s'harmoniait si complètement, que l'imagination eût vainement cherché à en combiner les accessoires avec plus de variété et avec plus de goût. Tout, dans le tableau qu'offrait alors cette pièce, semblait avoir été calculé et produit à souhait : personnages, accoutrements, couleur, ombres, lumières, tout.

C'était, dans les hommes, des visages carrés, rigides, où tout était impassible, excepté l'œil ; des cheveux flottants, des barbes incultes, des corps vigoureusement charpentés et comme fondus d'un seul jet.

Leur habillement consistait, pour la plupart, en un grand manteau brun à capuchon, semblable, pour la forme, à celui que portent les Kabyles et quelques autres tribus nomades du pied de l'Atlas; en une veste et un pantalon d'étoffe épaisse, ornés quelques-uns d'enjolivures de laines couleurs vives; en de fortes bottes, ou souliers épais, avec guêtres de peau; enfin, en une ceinture où le stylet, que les lois françaises n'avaient point encore rigoureusement forcé de dissimuler dans la poche, montrait sa poignée en os de sanglier ou en corne de mouflon. Peu d'entre eux portaient le bonnet pointu, si commun encore dans l'intérieur de l'île; les chapeaux à larges bords se montraient en plus grand nombre. Un uniforme seul d'officier d'artillerie présentait ses riches broderies et ses épaulettes d'or auprès de ces costumes si simples; mais, son luxe militaire, en rompant leur ensemble, donnait plus de style encore à chacune de ces mises agrestes.

Hommes et choses, à cette exception près, étaient, dans cet appartement, d'un caractère si individuel, si positivement et si complétement local, qu'il eût été impossible de ne point reconnaître, dès l'abord, une réunion de *signor* et de *caporali corses*.

L'objet de cette assemblée pouvait seul présenter quelque incertitude ; il eût fallu avoir entendu quelques parties des deux discours qui avaient été successivement prononcés, l'un par le maître de la maison, l'autre par le militaire, pour être initié aux questions dans le cercle desquelles allait se débattre la discussion.

L'impression qu'avaient produite les paroles de ce dernier, malgré l'adresse d'élocution avec laquelle il avait constamment flatté le côté sensible du caractère corse, l'orgueil national, était loin d'avoir été profonde ; si l'on eût jugé par l'expression des attitudes et des visages le sentiment qu'avait excité dans ses auditeurs l'espèce de proposition qu'il avait fini par formuler, après l'avoir longtemps gazée dans des précautions de style et dans des réticences, on n'y eût reconnu qu'un mouvement de surprise et de répugnance.

Pendant l'instant de silence dont fut suivi son discours, tous les yeux semblèrent d'abord s'interroger avec une incertitude qui dominait visiblement une sorte de froideur inquiète, puis finirent par se porter et s'arrêter sur un des assistants, dont tout l'intérieur sévère, mais digne, annonçait l'influence. — Ce fut lui qui se leva.

— Frères, dit-il, vous semblez m'inviter à vous exprimer ma pensée, je vous la dirai tout entière.

Le silence et l'attention devinrent universels.

— D'abord, je ne vois pas quel avantage peut avoir pour la Corse l'acte que l'on nous propose. »

Une expression d'étonnement et de contrariété assombrit, à ses mots, les traits du militaire.

— Je le repousserai donc comme inutile, lors même qu'il n'existerait point des motifs de le condamner ; et, selon moi, il en existe de graves.

Le brusque mouvement que fit l'officier sur son siège, ayant appelé l'attention, celui qui parlait s'interrompit pour lui adresser ces paroles :

— Il se peut, colonel, que mon opinion vous déplaise autant que m'a choqué la vôtre. Je vous ai écouté en silence ; maintenant que je vous réponds, ne m'interrompez pas. »

Et se retournant vers l'assemblée, il continua :

— Lorsqu'en 1768 une cession faite par Gênes, et l'année suivante le sort des armes, donnèrent à la Corse de nouveaux maîtres, nos pères, vous le savez, associèrent la France à l'exécration qu'avait toujours soulevée dans leur cœur le nom génois. La Convention seule put détruire cette haine, en remplaçant par les liens de fraternité les chaînes d'oppression qui avaient uni cette île à la métropole ; la Corse, auparavant simple vassale, dut entrée, comme une sœur, dans la grande famille française, dut, avec sa loyauté naturelle, y apporter les sentiments d'une sœur.

Dans la décadence qui suivit leur chute, parut Napoléon. Ce fut, je vous l'avouerai, avec un secret orgueil que je vis s'élever sa fortune militaire ; il m'était doux de penser qu'un de nos compatriotes pourrait, par la gloire, replacer la république au degré de puissance où l'avaient élevée le génie et le dévouement, et d'où l'avaient fait déchoir la trahison et l'infamie.

Vous savez ce qui est advenu : le sabre s'est un beau jour changé en sceptre dans la main du consul, le chapeau à plumes, sur le front du général, est devenu couronne d'empereur. Beaucoup de vous (je ne fais pas de reproche) crurent alors devoir donner leur adhésion à une proposition semblable à celle que l'on nous fait aujourd'hui que la naissance d'un fils perpétue l'aliénation que notre patrie lui a faite d'elle-même. Je crois de mon devoir de vous répéter ce que je vous dis alors. La Corse, comme en France en reconnaissant un monarque, fléchit sous un maître. Devant un souverain, il n'y a pour le pays qu'une condition possible, celle de sujet ; c'est l'égalité, toujours ; mais l'égalité que fait le joug : celle de la servitude.

— Monsieur, dit l'officier avec une exaspération dont il ne put rester maître...

— Voudriez-vous, par hasard, m'imposer silence ? lui répondit l'orateur avec sévérité.

— Parlez ! parlez ! c'est bien ; c'est notre pensée, répétèrent presque tous les assistants, d'une commune voix. Il continua donc :

— Je n'ai qu'un mot à ajouter : Parce qu'il vient de naître

un rejeton sur cet héritage, vous voulez que nous en exprimions hautement notre joie. Frères, ce n'est pas fête à mon foyer quand les loups et les rois font des petits.

— C'est trop fort, dit le militaire en se levant. Serviteur de Napoléon, je ne puis entendre un pareil langage. Signor, dit-il au vieillard qui semblait présider cette réunion, si vous n'imposez silence à des déclamations qui ne peuvent que vous compromettre, je serai forcé de sortir.

— Non, monsieur ; vous êtes chez votre beau-père, c'est à moi de me retirer.

— Partageant toute la pensée du caporale, je dois sortir avec lui. Et moi aussi, et moi ! et moi ! dirent tous les autres Corses, en se levant pour le suivre.

Et Giacomo Falcom sortit accompagné de tous ses amis.

La porte était refermée que l'officier d'artillerie y tenait encore rivé un regard de haine. Cet officier était Andréa Marcello.

Un semestre, peut-être même une mission confidentielle de l'empereur, lui avait permis de venir passer quelques mois en Corse, auprès de sa jeune femme et de son enfant ; son enfant, petit garçon de huit années faible peut-être pour cet âge, où la nature a tant de seve, mais plein de gentillesse, et vif et pétulant comme un chevreau sauvage, délicieux lutin, charmant petit monstre !

<hr>

XV

FEU ET SANG

> Quelle tranquillité profonde ! quel silence ! tout dort ! — Oh ! non.
>
> *Bernardin de Saint-Pierre.*

Vers une heure du matin, dans la nuit dont cette journée de débats politiques fut suivie, tout était calme et silence dans la plaine où l'un des précédents chapitres nous a montré Andréa Marcello et son épouse, débouchant aux rayons d'un beau soir ; tout y dormait, tout, jusqu'aux rayons de la lune, immobiles sur le versant des monts comme sur les broussailles et les bruyères.

Nulle part, pourtant, le repos ne semblait aussi profond qu'autour de cette blanche maisonnette, qui, placée, au milieu d'un massif de pins et de châtaigniers, comme un nid dans une touffe d'herbes, ses portes et ses fenêtres closes semblait s'y blottir pour mieux goûter ce sommeil, dont on eût dit le frôlement des feuilles, murmurant sous le souffle qui tombait de la montagne, être la respiration harmonieuse.

Et en effet, il n'était pas sous ce toit une seule créature qui ne reposât profondément, lorsqu'une clarté soudaine vint l'inonder d'une lumière rougeâtre ; la mère de Jocano fut la seule personne qu'éveilla cette illumination subite.

S'élançant de son lit malgré sa faiblesse, elle se dirigea, épouvantée, vers une chambre voisine où son fils reposait près de son épouse.

— Jacomo ! Jacomo ! s'écria-t-elle d'une voix tremblante.

— Qu'y a-t-il ? répondit celui-ci, éveillé en sursaut.

— Quelque malheur, mon fils : vois quelle clarté !

— Malédiction ! s'écria le Corse en bondissant dans la place ; qu'est-ce donc qui peut brûler ainsi ?

Il se dirigea vers une fenêtre. Il n'en avait pas complètement ouvert la croisée qu'une détonation de carabine se fit entendre ; un cri faible fut poussé dans la chambre, et un corps tomba lourdement sur le plancher.

Le coup avait été tiré sur Jacomo, mais la balle, mal dirigée, ne lui avait traversé que le muscle du bras, et avait été briser la tête de sa mère. Il voulut vainement lui prodiguer des secours : la malheureuse avait été tuée raide.

— Mille démons ! s'écria-t-il en déposant ce cadavre qu'il avait soulevé dans ses bras. Morte !

Sortant brusquement de la chambre, il descendit dans la salle encore éclairée par les dernières lueurs de sa moisson,

que la main de l'assassin avait incendiée ; il saisit son escopette suspendue au manteau de la cheminée, ouvrit vivement la porte, et, franchissant le petit mur dont la cour
était enceinte, il disparut au milieu des arbres.

Il était neuf heures de la matinée lorsque, l'air triste et
sombre, son fusil sous le bras, il reparut au logis.

Sa mère, dont on avait lavé la blessure, était exposée,
revêtue de ses plus beaux habits, sur un lit que l'on avait
dressé dans la salle, et au chevet duquel une assiette pleine
d'eau bénite était placée, ainsi qu'un crucifix et deux flam-
beaux, sur une petite table recouverte d'un drap blanc.

Une jeune femme, un enfant et plusieurs domestiques
étaient à genoux au pied de cette espèce de cénotaphe.

Jacomo se découvrit, déposa sa carabine ; puis, après
avoir pris la branche de buis qui trempait dans l'eau sainte,
il aspergea légèrement le corps de la morte, et vint s'age-
nouiller parmi les autres assistants, voulant au moins donner des prières pour celle à qui il n'avait encore pu donner
du sang..

L'inhumation n'eut lieu que dans la matinée du lendemain ; une foule d'amis vinrent, en se joignant au convoi,
rendre un dernier hommage aux vertus de cette femme,
dont le toit avait toujours eu un refuge pour les proscrits,
les gerbes des épis pour les malheureux.

De retour de cette lugubre cérémonie, Jacomo, sans rien
changer à ses vêtements, quitta sa famille pour se rendre à
Calvi. Qui fut-il faire? Le soir même il en était de retour.

Le lendemain il fut debout dès l'aube. Après avoir changé
le pantalon qu'il portait la veille contre une culotte d'un
drap grossier, qui lui permit de porter ces lourdes guêtres
de cuir dont les courroies se bouclent sur le côté extérieur
de la jambe, il revêtit une petite veste en poils de chèvre ;
puis, ayant renouvelé ses munitions, il prit ses armes et
jeta un lourd *pelon* sur ses épaules.

— Femme, dit-il avant de sortir, je serai sans doute absent quelques jours.

— Nous quitterez-vous sans nous embrasser, moi et votre
fils?

— Je vous embrasserai à mon retour.

Il sortit. Ceux qui eussent pu voir le poignard et le pistolet placés dans la ceinturon de sa giberne, et l'escopette
qu'il portait sous son bras, n'eussent point douté qu'il n'allât
acquitter quelque vendette.

Son absence dura dix jours. Lorsque, sur le soir du onzième, il reparut sur son seuil, une barbe épaisse couvrait
ses traits, ses vêtements étaient souillés de terre ; mais il
s'empressa de faire disparaître, avec cette barbe et ces vêtements, les traces de vie rude qu'il avait traînée dans les
falaises et dans les maquis : le jour, à l'affût dans quelque
touffe d'arbousiers ou de ronces, la nuit couché, enveloppé
dans son manteau, sur un lit d'herbes et d'aloès, puis il
reprit, entre sa femme et son enfant, la vie calme du foyer
domestique, impassible comme si ces quelques jours eussent fait passer un siècle sur le malheur qui l'avait atteint
dans son affection la plus sainte.

XVI

SUR L'EAU

Comme il fuit le long des coteaux,
Le frêle esquif dont l'onde au loin garde la trace ;
Sa voile s'arrondit et se penche avec grâce.
Comme il fuit, le léger bateau !

L. *Belmontet.*

La conscience d'Andréa lui faisait-elle redouter l'effet de
quelque haine, qu'il n'avait point une seule fois quitté les
murailles du parc dont était entourée sa villa depuis le
jour où ses projets d'hommage à l'enfant-roi, qui devait
la France d'une dynastie impériale, étaient tombés si rudement sous la rigidité puritaine de Jacomo Falcom. C'était
dans cette délicieuse habitation, bâtie au fond d'une crique

étroite, et mirant ses murs légers aux fenêtres à cintre et
son toit en terrasse, où broussaillaient des rosiers, dans
une mer calme et bleue, dont la houle légère venait sans
murmures baiser le large perron de marbre, que le colonel
jouisssait près de son épouse et près de son fils, du temps
trop court qu'il pouvait passer dans cette île.

Le jour du départ arriva ; la barque qui devait le porter à
Calvi vint un matin s'amarrer au pied même des blancs es-
caliers de cette maison.

C'était un joli canot de douze pieds de quille, mais si léger, si coquettement posé sur ses fonds étroits et ses bos-
soirs effilés, que lors même que sa fleur blanche sons une
ceinture verte à filets dorés, et son intérieur rouge, légèrement liseré de noir, n'en eussent point fait un bijou, il eût
toujours charmé l'œil par la finesse de ses façons et sa coupe
élégante et gracieuse.

Une peau de tigre aux yeux d'émail et aux ongles d'or
avait été étendue sur l'arrière, où Andréa prit place auprès
de Thérésa, séparé d'elle seulement par la barre dorée du
gouvernail, sur laquelle il plaça sa main.

Leur conducteur ayant lavé le grappin, la voile de coton,
à forme triangulaire, livra à la brise sa surface blanche, et
l'embarcation glissa doucement sur cette mer calme et lisse,
lisse comme une flaque d'huile.

Dès qu'ils eurent vidé cette anse, dont les deux bords,
couverts d'orangers et d'acacias roses, semblaient leur
jeter leurs senteurs les plus suaves, comme un adieu, la
brise devint plus fraîche, et le canot, s'élançant avec plus
de rapidité, s'inclina coquettement sur cette mer palpitante,
où son sillage se révélait par une légère ligne d'écume.

La plage, qui semblait fuir sous leurs yeux, variait à
chaque instant ses perspectives ; c'étaient tour à tour des
ravins, à travers lesquels le regard échappait sur la plaine,
ou des falaises élevées qui les arrêtaient par un rideau de
broussailles et de rochers.

Marcello et Thérésa, placés tous deux sous l'influence
d'une séparation prochaine, contemplaient en silence les
sites qui se succédaient avec tant de variété, que cette,
côte, plane ou ardue, semblait toujours une décoration magique.

— Je ne sais, dit Andréa, si le charme de cette nature
provient du contraste que je trouve à la contempler dans les
intervalles de cette vie tumultueuse à laquelle je suis con-
damnée, mais je n'ai jamais éprouvé tant de regrets à vous
quitter, et toi et cette belle Corse.

L'embarcation longeait alors, à une distance de vingt
brasses à peu près, un versant boisé, dont la partie infé-
rieure, rongée par la mer, se terminait brusquement par un
escarpement de rochers, où la végétation suspendait en draperies mille plantes grimpantes : le lierre au feuillage sombre, le liseron blanc ou des lianes fleuries.

— Comme tu es silencieuse! reprit Marcello. Tiens, il
doit y avoir ici d'admirables échos; chante-moi quelques
couplets.

— Moi? quelle idée !

— Allons, je t'en prie. Et comme Thérésa le regardait
d'un air suppliant, il ajouta : — Vas-tu donc me refuser ?....
Chante-moi cette romance d'adieu.

— Eh bien ! non... je vais plutôt te chanter le retour du
chevalier.

— Soit ! le retour.

Alors, après avoir toussé en portant à ses lèvres son
mouchoir de batiste brodée, Thérésa chanta d'une voix faible, mais douce, cette romance, espèce de ballade et fa-
bliau, genre bâtard que les poésies de Millevoye avaient mis
en vogue à cette époque :

La lune argentait la bruyère;
Tout était silence et mystère
Sur les landes et dans les bois.
Seule, en glissant sur la verdure,
La brise, à travers la ramure,
Jetait des voix. (1)

Pour les déduits quittant la guerre,
Thibaut, banneret et trouvère,
Revenait, fidèle à sa foi,
Vers le manoir au donjon sombre,

(1) L'auteur attache trop peu d'importance à ses vers, et surtout
à ceux-ci, pour penser qu'une autre cause qu'une méprise ait fait
mettre la souscription J. L. à cette pièce, dans le *Selam* ou *Talis-
man*, publié par M. Astoin.

Vers Clémence. Il guidait dans l'ombre
    Son palefroi.

Soudain, à travers la feuillée,
Une voix, de soupirs mêlée,
Lui dit ces mots : « Gent troubadour,
» Retiens ton dextrier rapide,
» Ecoute une jeune Sylphide
    » Qui meurt d'amour.

» Esprit des airs, ombre légère,
» Je suis un rayon de lumière,
» Je suis un souris du printemps
» Je suis un souffle du zéphire;
» Je t'aime ! Un amour tout délire
    » Brûle mes sens.

» Oh viens ! j'embellirai ta vie,
» Que tes bonheurs feront envie,
» Envie à tous les chevaliers
» J'ai des roses : je veux moi-même
» Joindre leur tendre diadème
    » A tes lauriers.

» Suis-moi dans mes grottes profondes;
» Les airs, les nuages, les ondes,
» Le ciel, tout reconnaît ma voix.
» Pour t'aimer, mon âme s'oublie;
» Parle : ces biens, mon cœur, ma vie,
    » Tout est à toi. »

« — Pardonne, Sylphide légère ;
» Je ne suis qu'un pauvre trouvère,
» Dit-il. — Un preux est sans détour. —
» Mais Clémence, aux regards de flamme,
» A ma foi ; Clémence a mon âme :
    » J'aime d'amour. »

Soudain s'agite la ramée :
Thibaut frémit; sa douce aimée
Apparut à ses yeux surpris.
Sur les lèvres de sa Clémence,
Le trouvère de sa constance
    Cueillit le prix.

— Et moi aussi je reviendrai, dit Marcello en passant un bras autour de la taille de Thérésa, mais il faut que je respire l'odeur âcre de la poudre au lieu de cet air balsamique si doux, qu'on le dirait formé du parfum affaibli de toutes les fleurs; mais avant d'entendre de nouveau la voix si suave, et tous les murmures mélodieux de la nature, il faut entendre siffler des balles; il faut....

L'explosion d'une arme à feu, tirée dans la falaise, interrompit cette phrase. Thérésa, arrachée par un saisissement de terreur aux tristes, mais douces émotions qu'elle jetaient ces paroles de son mari, porta vivement ses yeux dans la direction d'où était venu le bruit.

Une fumée blanchâtre s'élevait doucement de la lisière d'un fourré formé d'arbustes rampants et de jeunes arbrisseaux. Thérésa n'avait pas distingué ni cette fumée, ni la bourre enflammée flottant sur la mer, à distance égale de la falaise et de la barque, lorsque le front d'Andréa tomba lourdement sur son sein.

La balle lui avait traversé la tête, à l'endroit même où avait été frappée la vieille mère de Jacomo Falcom.

XVII

1820

Vrai, comme il n'y a qu'un Dieu,
Je le ferai, ma mère.
      Rosseeuw Saint-Hilaire.

Neuf années de veuvage ont passé sur la douleur de la signora Marcello. Du deuil que jeta sur elle la mort terrible de son mari, il ne reste plus dans son âme qu'une mélancolie profonde, qui donne un caractère religieux à la tendresse qu'elle a reportée sur son fils.

Joch a grandi. Si neuf années sont beaucoup dans l'existence d'une femme, neuf années sont toute une existence nouvelle sur le front de l'enfance; aussi ce laps de temps a-t-il fait un homme de ce petit Joch, qui comptait dix années à peine lorsque, avant de le quitter, Andréa lui donna ce baiser paternel, le dernier qu'il dût recevoir.

Seule, s'isolant du monde, ensevelie dans sa villa, Thérésa n'a vécu que pour son fils, comme son fils n'a vécu que près d'elle et par elle. Si l'éducation a peu fécondé et peu mûri ses pensées, elle a donné tout leur développement possible aux forces dont la nature lui avait été si avare.

C'est surtout aux exercices dans lesquels triomphent l'adresse corporelle et la justesse de l'œil, que les soins de sa mère ont appliqué et formé son enfance. S'il n'est point initié aux mystères que dévoile l'étude, il sait, en récompense, abattre un sanglier d'un seul coup, qu'il l'attaque le couteau de chasse au poing, ou qu'à cent pas il lui perce l'épaule d'une balle. Depuis l'âge de quinze ans, son beau fusil aux canons rubanés et tordus est pour lui un compagnon inséparable.

A cette époque, une des réunions où, en Corse comme en Suisse, les chasseurs des *pièves* (paroisses) voisines se réunissent pour se disputer le prix d'habileté au tir de la carabine, ayant été annoncée avec plus de solennité que de coutume, et le bruit en étant venu au château, Joch fut très-surpris que sa mère, dont toute la sollicitude semblait jusqu'à ce jour n'avoir eu pour objet que de le retenir près d'elle, l'engageât à se rendre à cette fête pour y disputer lui-même le prix d'adresse.

Joch, dont la vie s'était tout écoulée dans la solitude, éprouvait un sentiment de répugnance pour la fréquentation des hommes, qui l'eût éloigné de cette assemblée tumultueuse, si le désir de complaire à sa mère ne le lui eût fait surmonter. Il se rendit à cette fête, où il se mit au rang des tireurs.

Une poudrière en argent, ciselée avec art, était le prix qu'ambitionnaient tous les rivaux; ce fut cette poudrière qu'à son retour à la *villa*, Joch offrit le soir de ce jour à sa mère.

— C'est bien, lui dit celle-ci d'une voix grave, après l'avoir embrassé avec tendresse; c'est à mon tour à te donner une récompense : viens, mon fils.

Joch la suivit.

L'appartement où le conduisit la signora était un cabinet retiré, espèce de boudoir où elle avait habitude de passer seule de longues heures. De tous ceux qui vivaient dans cette habitation reculée, son fils et une vieille femme de charge étaient les seuls qui eussent pénétré quelquefois dans cette pièce. Rien, pourtant, n'y laissait soupçonner les causes de cet isolement mystérieux.

C'était, en effet, dans la somptuosité se produisait avec ce caractère de lourdeur que prit le luxe sous l'empire. L'œil y était surtout frappé par des draperies rouges dont les ornements, comme la boiserie des canapés et des fauteuils, affectaient maladroitement de grands airs romains, et par des tableaux grimaçants qu'avait mis en réputation l'école de David ; école qui, impuissante à faire des lignes bien symétriques, et des traits bien corrects; qui, ne pouvant être belle, eut la prétention d'être grande ; qui voulut trancher de l'idéalisme, ne pouvant s'élever à la vérité; école qui fit des toiles d'expression, comme Jouy, Arnault et complices, firent des tragédies de caractère. La misérable ! les malheureux !

Ce même cachet était empreint partout; c'était l'époque de l'aristocratie soldatesque dans son plus fidèle reflet, gauche comme ces caporaux blasonnés avec leurs habits de gala et leurs culottes de cuir ; raide comme ces ducs militaires, avec leur couronne à plumes et leur manteau d'hermine ; du 1811 le plus pur.

La signora s'assit près d'une console couverte d'un marbre blanc; son fils resta debout devant elle.

— Joch, lui dit-elle d'un ton grave, le nom que tu portes t'impose des obligations ; tu l'as reçu pur de ton père, il faut que tu le transmettes pur à tes enfants; le ciel t'en donne un jour. Or, tu connais l'histoire de la famille; c'est une *vendetta*, mon fils, sous laquelle bien des combattants ont succombé, que celle que tu as recueillie dans son héritage.

— Je le sais, ma mère.

— Ce qu'ont fait les pères, c'est à toi de le faire maintenant; quelque longue qu'ait été cette lutte, elle n'est point finie, car tu te nommes Marcello, et il existe deux Falcom.

— Je le sais encore.

— C'est bien. Jusqu'ici je ne t'avais point parlé de tes devoirs, parce que ce n'était point assez d'avoir le cœur et la volonté ferme, il fallait que ton œil fût juste et ton doigt sûr. Ils le sont maintenant, je puis te remettre un dépôt qui, mieux que mes paroles, te parlera de cette vengeance.

Elle prit, dans un tiroir, un portefeuille d'où elle tira une mèche de cheveux.

— Joch, reprit-elle, prends cette boucle teinte de sang, et rappelle-toi toujours que ces cheveux sont ceux de ton père, et que ce sang qui les unit est son sang. Tu l'as peu connu, toi, mon fils ; moi, je l'ai connu assez pour le regretter toujours. Celui qui nous a forcés à le pleurer a un fils dont il reçoit le baiser tous les soirs, et une femme dont il reçoit, tous les matins, les caresses ; eh bien ! il ne faut plus qu'il reçoive les baisers de son fils le soir, ni, le matin, les caresses de son épouse ; il faut que son épouse et son fils le pleurent, comme nous pleurons, toi ton père, et moi mon mari. Cet assassin...

— Est Jacomo Falcom, dit Joch avec calme.

— Oui, mon fils.

— Soyez tranquille, ma mère, reprit le jeune homme ; et il continua en élevant sa main droite au ciel : « Par le corps du Christ ! ce que vous avez dit sera. Si j'oublie jamais ce serment, maudissez-moi, et qu'alors Dieu vous entende ! »

Trois jours après, Joch étant rentré assez tard, voulut cependant voir sa mère, dont la chambre à coucher était encore éclairée.

— Ce que nous avons souffert, lui dit-il avec une joie sombre, d'autres le souffriront à leur tour, car le jour apprendra demain au pays qu'il y a une veuve et un orphelin de plus en Corse.

Thérésa, redoutant les investigations de la loi, s'empressa de faire passer Joch en France. Par cette absence, elle éloigna de lui les soupçons. La signora Falcom succomba sous le chagrin de la perte de son époux. Pietro, son fils, alors encore bien jeune, fut envoyé à Paris par son tuteur pour y faire son éducation.

XVIII

HUIT ANS APRÈS.

Monsieur, ceci est un intermède.
Molière.

Fût-ce le hasard des circonstances ou le calcul qui réunit, en 1828, les deux derniers rejetons de ces maisons ennemies, dans une école militaire, puis dans un régiment ? Les mœurs nouvelles au milieu desquelles ils avaient vécu avaient-elles étouffé dans leurs cœurs les passions violentes dont l'éducation première y avait jeté les germes ? ou l'un d'eux ne se cachait-il sous cette intimité que pour se venger plus sûrement ?

La réponse à ces questions se trouvera dans les faits dont ce coup-d'œil, jeté en arrière, nous permet de reprendre le récit.

XIX

EN MAÎTRE

La vertu d'une femme, messieurs, consiste uniquement dans son adresse.
Alphonse Royer.

Pâle et troublée, Giulia réunissait en vain contre ses émotions toutes les forces de sa conscience. Il y avait tant de fascination dans le regard immobile que Joch attachait sur elle ; l'aigre sourire de cet homme empruntait tant de gravité aux apparences, qui toutes se levaient pour l'accu-

ser, que la pauvre femme en sentait l'ironie froide et déchirante pénétrer jusque dans son cœur.

Elle cherchait inutilement quelque fermeté dans la conviction de son innocence. Cette conviction, elle le sentait bien, était une protection bien faible contre l'argumentation matérielle des faits.

N'est-ce pas une fatalité attachée à la vertu, de s'offrir, sans défense, aux accusations que le hasard lui jette ? compromise souvent par un concours malheureux de circonstances, dont elle voit étrangère à la calomnie, elle se croit dans la nécessité d'élever la voix ; ne songeant pas que cette justification, presque toujours sans preuves, devient une des charges les plus concluantes contre elle.

Le vice, au contraire, se voilant d'impassibilité, sait, à travers son impudence, échapper même aux soupçons. Elle veut prouver, lui nie. Une négation se formule plus aisément qu'une preuve.

C'est ainsi que, circonvenue par des événements auxquels elle est restée étrangère, une femme honnête en appelle vainement à son innocence ; tandis que surprise, encore rouge d'ivresse, chaude et moite de baisers, les deux pieds dans l'adultère, la femme perdue, elle, trouve dans les hypocrisies de son cœur, les faux semblants de la vertu.

Une femme à qui les passions ont fait franchir le cercle des devoirs, a calculé, voyez-vous, les incidents qui, pour les briser et les suspendre, peuvent se ruer à travers ses amours ; c'est un coup de dés, dont elle a tenté les chances, et sur lequel elle a jeté son honneur. Toutes les péripéties qui peuvent agiter son intrigue, elle les a prévues ; quoi qu'il advienne, il n'y a plus d'étonnement profond pour elle ; surprise, elle reste maîtresse de disposer, pour voiler ses faiblesses, tout ce que lui ont préparé ses calculs, et ce que lui présente le hasard.

La femme vertueuse, au contraire, tombant à l'improviste au milieu d'événements dont la perfide concurrence l'enveloppe et l'enlace, étonnée de leur brusquerie, se trouble, s'effraie, se replie en elle-même pour y chercher de la force, et n'y trouve qu'une conviction stérile. Sentant alors son innocence fléchir sous les soupçons, trébucher au milieu des faits, elle veut se rattacher à tout ce qui l'entoure, mais tout ce qui l'entoure lui échappe ou la déchire. Incertaine et flottante, sans un point sûr où fixer sa pensée, elle ressemble au pêcheur, qui, sentant la marne se mouvoir et fondre sous ses pas, ne sait où se jeter ni à quel objet se prendre.

L'autre a un point fixe : quelles que soient ses émotions, elle ne doit en rien laisser transpirer sur ses traits ; elle le sait, et les refoule toutes dans son cœur. Son front n'est point un miroir pour son âme, il en devient le voile. Il se masque d'impassibilité ; il se grime d'hypocrisie. Rôle et visage, tout, pour elle, est fait et tracé d'avance.

Il n'y a donc point seulement entre leurs positions la différence du connu à l'inconnu, mais encore celle de l'indécision à la certitude de la conduite qu'elles doivent tenir.

Innocente, Giulia devait succomber dans cette lutte, d'où, coupable, son sang-froid eût fait sortir sa justification.

Semblable au voyageur qui, dans la sente étroite d'une montagne, sent tourner sa tête et ses genoux fléchir à l'aspect de l'abîme qui plonge sous l'escarpement où il chemine, les efforts que fit Giulia pour dominer son trouble ne firent que l'exalter davantage ; à peine trouva-t-elle assez de force pour prononcer ces paroles :

— Vous l'avez entendu, Joch ; une méprise seule a pu conduire monsieur dans cet appartement.

Et ces mots prononcés, elle rebaissa les yeux, que, timides, elle avait élevés sur Marcello.

— Vous vous rendez trop justice, j'espère, pour croire que je puisse en douter.

Le ton de ces paroles ne la rassura point.

— Vous connaissez mon caractère, vous savez combien il faut peu de chose pour me troubler ; après la scène de tantôt, cet incident m'a tellement contrariée, que ...

— Comment ! vous vous justifiez ? vous vous faites outrage, madame ; une explication supposerait que vous en auriez besoin...

— C'est que l'émotion...

— Pourquoi donc ?... M. Frédéric... Il s'appelle Frédéric, je crois ?

Giulia rougit jusque dans les yeux.

— M. Frédéric, par une erreur bien involontaire, sans doute, entre dans votre chambre. Ne se trompe-t-on pas tous les jours ? Si l'on devait attaquer l'honneur d'une femme sur des motifs aussi futiles, ce seraient des incriminations éternelles. Ne se trouve-t-on pas chaque jour, malgré soi, beaucoup plus gravement compromis?

Il fit une pause, et reprit :

— Ne pourrait-il pas arriver, par exemple, que ce jeune homme se fût assidûment rencontré dans tous les salons que vous avez fréquentés durant l'hiver ; que le hasard vous eût souvent réunis sur le même carré, à la même table, sur la même causeuse, alors qu'une conversation agréable se présente, on s'enflamme, vous êtes remarqués...

— Que voulez-vous dire?

— Que des choses beaucoup plus inconcevables se voient continuellement dans le monde. Que serait-ce donc si ce jeune homme, dans une lettre brûlante de passion, destinée à une femme dont il se vante de posséder les affections, eût, par une méprise que peut justifier la fatalité sans doute, inscrit vingt fois votre nom, à vous, Giulia!... et sur cette lettre, madame Falcom, votre adresse?... »

Ces paroles, consolantes et perfides d'abord, se perlant à chaque phrase dans une accentuation plus âpre et plus brisée, étaient devenues stridentes à la fin, comme le bruit des biscaïens, qui, s'échappant un à un d'une boîte de mitraille, eussent rebondi vibrant sur des pavés ou sur des dalles.

— Monsieur...

La parole expira sur les lèvres décolorées de la jeune femme.

— Ce que le hasard eût pu faire, le hasard sans doute l'a fait : voici la lettre.

Giulia ne prononça pas un mot.

Un frisson rapide secoua tous ses membres ; une sueur froide baigna ses tempes ; ses genoux s'agitèrent et fléchirent ; son sang battant à bouillons dans son cœur, jeta des tintements dans ses oreilles, et dans sa tête des vertiges.

Si un fauteuil ne se fût trouvé près d'elle, elle fût tombée sur le parquet, la malheureuse!

Joch resta silencieux jusqu'à ce qu'elle eût levé sur lui des yeux suppliants et chargés de larmes.

— Je dois pourtant avouer, madame, reprit-il alors, que cette intrigue était conduite avec une bien merveilleuse adresse. Oui, certainement, le regard d'un époux pouvait traverser sa trame subtile, sans en soupçonner seulement les fils ; mais il est des yeux plus perçants que ceux d'un époux, des yeux qu'on ne trompe jamais : les yeux d'un amant ; et ceux-là, Giulia, étaient ouverts sur vous.

— Je ne vous comprends pas.

— Je me suis tu long-temps ; j'eusse craint de détruire, par un mot imprudent, le bonheur que j'avais au moins à me trouver auprès de vous tous les jours ; mais je puis maintenant me faire comprendre : je vous aime!

— Vous?

— Oui, Giulia, et de toute la fougue de mon sang... de toute la puissance d'un cœur corse.

— Vous! vous m'aimez? Oh!... ce n'est pas vrai, Joch!... cela ne se peut pas. Ce n'est point de la tendresse qu'il y a dans votre regard qui me glace ; ce n'est pas de l'amour qu'il y a dans votre sourire qui me fait trembler. De l'amour! je n'eusse pas été chercher ce sentiment-là dans votre cœur.

Giulia s'était relevée, de l'indignation dans les yeux et du mépris sur les lèvres ; toute sa figure avait pris une énergie que Marcello ne lui soupçonnait pas.

— Allons, madame, ne nous emportons point ; il faut que je vous parle, que ce soit sans aigreur et sans fiel.

Il la força de se rasseoir, et reprit d'un ton plus doux et plus calme :

— Pour vous aussi, comme pour les autres, madame, des regards humides, des sourires qui calculent toutes leurs séductions, voilà l'amour, tout l'amour ; mais une passion profonde, qui s'attache et brûle au cœur, qui, longtemps comprimée, en jaillit en éclairs comme des flammes du cratère d'un volcan, c'est de la brutalité, de la sauvagerie. Il faudrait sans doute s'allanguir les yeux et se dorer les lèvres ; oh! alors, qu'importerait le cœur? qu'il soit de glace, mais que vos paroles soient fardées de sentiments, musquées de tendresse, ce sera bien, et l'on vous croira... Giulia, vous ne savez pas ce que c'est que l'amour.

— Que dites-vous donc là, Joch? tout cela me passe sans que je le puisse en deviner le sens. Qu'espérez-vous donc? que voulez-vous de moi? dites!...

— Que vous m'aimiez!

— Vous aimer, moi?

— Oui, Giulia.

— Jamais!

A l'accent dont ce mot fut prononcé, Joch dut conserver peu d'espoir. Son œil brilla de dépit ; sa voix devint presque menaçante, quand il rompit le silence dont fut suivie pendant un moment cette déclaration précise.

— Songez-vous bien, femme! que je suis maître de votre destinée. Je tiens votre vie dans mes mains ; je n'ai qu'à les serrer pour briser votre honneur, et vous le jeter au visage après. Je puis parler, Giulia ; Giulia, il y a du sang dans le secret de votre honte.

— La honte! mais elle n'est que dans vos paroles ; et si je vous accuse, moi, si je dis à Pietro qu'un seul homme a voulu lui ravir son honneur, et que cet homme, c'est vous?...

Joch sourit et secoua la tête.

— Il ne vous croira pas... il ne verra qu'une récrimination dans vos paroles.

— Pourquoi vous croirait-il, vous?

— J'ai des preuves... Cette lettre, elle vous accuse ; il ne pensait pas, l'imprudent, qu'en vous rappelant les droits qu'il avait sur votre cœur, il vous tuait avec vos faiblesses, il vous assassinait avec votre amour. Et la voici cette lettre... la voici, madame.

Sa voix s'adoucit.

— Eh bien! un mot, elle est à vous, vous pouvez la détruire ; votre réputation est sauvée ; le secret n'existe qu'entre nous, et il m'intéresse autant que vous-même, il y meurt. Consentez-vous?

Giulia eut peine à l'écouter jusqu'au bout ; ce qui lui soulevait l'âme, ce n'était pas de l'indignation, c'était de l'étonnement et du dégoût.

— Savez-vous que ce que vous faites là est une chose bien infâme ; car enfin, puisque vos regards m'ont suivie sans cesse, vous savez que si j'ai été faible, des imprudences sont toutes mes fautes. Vous savez...

— Moi, je ne sais rien, je ne connais que cette lettre.

— Joch, vous mentez ; vous savez bien que mon honneur de femme est toujours pur ; que j'ai conservé sans tache le nom de mon époux : et vous voulez vous armer des indiscrétions d'un jeune étourdi pour m'accuser ; pour que je paraisse innocente, vous voulez me rendre infâme ; vous me marchandez ma réputation ; vous voulez me la vendre au prix de mon honneur.

— Je vous aime!

— Vous me faites horreur.

— Ainsi vous rejetez mes offres? Prenez-y garde ; vous le savez, ce n'est qu'avec du sang que se lave l'honneur d'un Corse ; votre robe de noce souillée peut devenir un linceul : prenez-y garde, vous dis-je, vous connaissez votre époux.

— Et mon époux me connaît.

— Oui, madame, oui ; car ce soir en partant il me chargeait, en mari, de veiller sur vous.

Giulia joignit ses mains, dont elle renversa vers le parquet les paumes et, tendant ses bras, hochant la tête, les yeux fixés sur cet homme, elle semblait ne pas trouver d'expressions assez énergiques pour qualifier tant de bassesse.

— Et vous profitez ainsi de sa confiance! vous vous asseyez à sa table pour empoisonner son pain ; vous vous glissez dans sa maison pour souiller son lit : chacune de vos paroles m'accable. O mon Dieu! comme c'est vil et misérable!... car c'est vous qui le dites, malheureux! mon époux est votre ami.

— Mon ami, oui, sans doute ; mais vous ignorez comment cette amitié a pu naître : il vous a fallu, vous, pour nous rapprocher. Il avait coulé bien du sang entre nos deux familles ; entre elles ce n'était point une haine d'un jour : c'était un duel héréditaire! La vie n'était pour nous qu'un mandat que la lame d'un stylet ou la balle d'une escopette devait escompter tôt ou tard. Eh bien! pour franchir le ruisseau de sang qui nous séparait, savez-vous quelle passion a fallu!... votre amour.

— Ce n'est pas vrai! je vous connais maintenant! Vous faites tomber le masque vous-même ; vous poursuivez votre vengeance, Joch, vous ne me tromperez pas : vous n'avez au cœur que de la haine. Les lois ont brisé vos poignards, les maquis ont fermé vos asiles, vous vous cachez sous l'amitié pour épier votre heure : en attendant son sang, vous voulez sa honte. Souriez!... J'ai deviné ; je suis Corse aussi, je vous connais, Joch!

Surpris et troublé un instant, il ne tarda point à reprendre son expression habituelle d'ironie.

— La tactique est habile ; ne pouvant se justifier, on accuse : vous êtes adroite!...

— Vous êtes infâme, vous!

— Madame! dit le Corse d'un ton d'autorité.

— Je ne vous crains pas, allez!... répondit Giulia en se levant; et, lui indiquant la porte du doigt: Sortez de chez moi, je vous l'ordonne.

Giulia, en ce moment, fut réellement belle; son attitude, son geste, l'expression de sa physionomie et de sa voix imprimèrent à son ordre une autorité à laquelle Marcello ne put s'empêcher d'obéir; il se retira, mais en lui laissant une menace pour adieu, dans l'oblique regard qu'il jeta sur elle.

Lorsque la porte se fut refermée, abandonnée par la puissance que lui avait donnée la présence de cet homme, Giulia retomba dans sa bergère, comme épuisée par cet élan d'emportement vertueux.

XX

UNE CONSÉQUENCE

> Ce qui découle d'un mauvais principe est tout et toujours mauvais.
>
> *Godefroi Cavaignac.*

Frédéric avait entendu cette conversation presque entière.

Si l'espoir de sauver l'honneur de Giulia, par un mensonge, l'avait fait sortir à l'arrivée de Joch, sans une plus brusque et plus vive explication, il n'y avait eu dans sa conduite que de la discrétion et de la prudence.

Un secret pressentiment l'avait toutefois retenu près de la porte; une voix intérieure lui disait que cette scène aurait un dénoûment sanglant, et que dans ce dénoûment il devait remplir un rôle.

Au milieu de ces vieilles mœurs qu'imposent à la raison les préjugés, il est bien des nécessités, stupides ou barbares, que nous sommes forcés de subir comme conséquences du vice de nos institutions.

Ainsi, parce que, contre tous les penchants humains, les lois ont fait le lien marital indissoluble, parce que l'opinion imprime une flétrissure à la femme qui s'y soustrait, l'homme doit son sang à celle dont il a compromis ce que l'on est convenu d'appeler l'honneur; c'est un engagement auquel il ne peut se soustraire sans lâcheté.

Cette femme lui a confié sa réputation: s'il l'estime, il doit la lui conserver sans tache, et honte à lui si, sans l'estimer, il a reçu le don de sa tendresse.. Or, c'est dans le secret, mais dans un secret à jamais et pour toujours inviolable, qu'elle trouve seule une garantie contre la honte que son abandon ferait rejaillir sur elle.

Aussi, quand un amour, en pénétrant dans un ménage, vient à se heurter contre le mari ou contre un indiscret, s'il produit du bruit, ce ne doit être que la détonation d'un pistolet ou le cliquetis de deux épées. Ce bruit-là, du moins, ne révèle rien et n'accuse personne.

Frédéric comprit qu'une explication dans l'hôtel donnerait infailliblement à cette scène le retentissement d'un scandale. Et un scandale, sans remédier à rien, perdait tout. Il connaissait la demeure de son rival: c'était là qu'il devait aller l'attendre.

Il sortit.

XXI

OU LE TROUVER?

> Oh! la haine en mon cœur éternise l'attente
> Qu'il vienne donc! qu'il vienne!...
>
> *Auguste Vaultier.*

Une heure, deux heures s'écoulèrent, que Frédéric, impatient et sombre, piétinait encore la boue noire dont la pluie avait inondé l'étroite et sombre rue Beautreillis.

Marcello n'avait pas reparu à son hôtel.

Las d'attendre, le jeune artiste s'arrêta un instant pensif; puis, ayant repris sa marche, il fit encore quelques tours avant de s'arrêter de nouveau. Enfin, après un moment d'hésitation, boutonnant vivement sa redingote, comme si une illumination subite venait d'arrêter brusquement sa détermination, il se dirigea d'un pas rapide vers la caserne des Célestins.

XXII

FUIR!

> Viens avec moi, jeune femme!
> Que les vents indomptés nous conduisent. Ici pour toi le malheur et l'esclavage. Fuyons! l'amour et la liberté sont à nous.
>
> *Thomas Moore.*

Le cœur brisé, l'âme inquiète, Giulia était tombée dans un abattement profond.. Ses yeux secs et ses traits tirés en révélaient toutes les angoisses. Le soir, dont l'ombre était hâtée par un ciel épais, commençait à brunir le ciel.

La porte de sa chambre s'ouvrit brusquement.

Elle tressaillit.

— Vous, monsieur!... vous encore!... Mais, Frédéric...

— Je sais tout. Là, derrière cette porte, j'ai tout entendu. — Oh! qu'il m'a fallu de patience pour ne pas l'interrompre par un éclat! Votre honneur me disait d'attendre: j'ai attendu. Mais ce soldat corse aurait-il eu peur? Depuis trois heures je le cherche: peine inutile! Chez lui? personne; à la caserne? personne. Sans le hasard, j'ignorerais encore son départ pour Courbevoie!

— Pour Courbevoie!

Ce fut un cri, — un cri déchirant.

— O mon Dieu! je suis perdue! je suis perdue!

La tête plongée dans ses mains, elle sanglotait si douloureusement, que sa poitrine s'agitait à faire craindre que la malheureuse ne suffoquât.

— Giulia!

— Oh! vous ne savez pas, vous! vous ne connaissez pas Pietro, son amour soupçonneux, ses emportements et ses rages. Il m'écrasera, il me broiera sous ses pieds. Si auparavant je pouvais mourir! O mon Dieu! mon Dieu! comment l'éviter? que devenir?

Elle se reprit à pleurer amèrement.

Frédéric, qui, debout devant elle, était resté immobile, atterré par cette douleur, sembla trouver dans ces derniers mots une résolution soudaine.

— Oui, Giulia, vous avez un moyen d'éviter sa colère. Vous ne pouvez espérer le fléchir... Il ne faut pas l'attendre.

Giulia, étonnée, leva les yeux sur lui.

— Ne pas l'attendre!... répéta-t-elle.

L'accent et la lenteur avec lesquels elle prononça ces quatre mots, eussent fait croire qu'elle n'en avait pas bien saisi la portée.

— Vous ne pouvez rester ici, reprit Frédéric; vous ne le pouvez!... Quand il n'arriverait point un malheur, concevez-vous quelle serait votre position? vivre toute votre vie avec un homme qui vous méprise et qui vous hait, qui vous soupçonne et vous épie; concevez-vous cela, madame? Oh! la mort que vous redoutez, ce serait un bonheur auprès de cet avenir. Eh bien! il est encore un espoir...

— Lequel?

— Fuyons.

— Fuir!

Après ce mot, qu'elle prononça comme pour appeler dessus son intelligence, elle resta un instant pensive. Ce voyant, Frédéric poursuivit:

— Qui peut vous retenir ici? une chaîne qui vous était devenue pesante, qui peut vous écraser maintenant. Mais, si vous ne la brisez, il la fera briser ou la brisera lui-même. Moi, orphelin comme vous, aucun lien ne m'arrête, aucun lien que je ne puisse rompre à l'instant. Fuyons! Où? qu'importe. Ne trouverons-nous pas toujours un asile, de l'air pour respirer, et mon amour pour vous guérir le cœur? J'ai fait votre malheur, laissez-moi partager votre destinée.

Oh! quel que soit l'avenir, avec vous, Giulia, avec vous, ce sera toujours du bonheur !

— Moi fuir !...

XXIII

LA FUITE

> Son regard, comme celui du basilic, te tuerait.
>
> *Sannazaar.*

Fuir !... Ce mot avait bien excité de l'étonnement dans l'esprit de Giulia, mais n'y avait jeté aucune terreur.

De la surprise, sans doute, car dans l'étroit espace où la société avait resserré toutes ses facultés, dans cet espace où mille froissements avaient tourmenté ses idées et ses sentiments, jamais la possibilité d'en franchir les limites ne s'était offerte à sa pensée; la malheureuse s'était résignée à porter, sans plainte, le fardeau qu'elle s'était imposé, n'apercevant aucun endroit où le déposer — que le marbre de la tombe.

Et ce mot de fuite venait, en soulevant le poids sous lequel elle se sentait fléchir, de lui révéler un moyen de s'y soustraire; l'existence conjugale lui semblait un lourd sommeil auquel venait de l'arracher ce mot, pour lui rendre sa vie primitive avec ses doux espoirs, son cœur libre, et son présent calme, et son avenir souriant; — tout le monde, enfin, de ses jeunes émotions et de ses jeunes rêves; — le ciel pur sur sa tête, et à l'horizon rose et doré.

Voilà ce que lui révéla ce mot dans une intuition confuse, il est vrai, mais si soudaine et si puissante que le remords ne put d'abord venir la glacer.

Et n'était-elle point innocente? n'était-ce point la nécessité qui la faisait sortir de cette maison où, quoique pure, elle ne pouvait plus apparaître aux yeux de son mari qu'à travers les apparences du déshonneur? et la nécessité n'était-elle point sa justification, — ou, du moins, son excuse?

C'était avec cette pensée que Frédéric était parvenu à triompher de l'irrésolution où ses volontés avaient flotté d'abord. Que pouvait-elle invoquer pour repousser l'accusation que son mari, armé de preuves, allait faire peser sur elle? quelle justification que celle où, pour repousser l'imputation d'une faute, elle eût été contrainte de confesser des imprudences à cet homme, dont les plus légers soupçons jetaient la jalousie dans la violence? Comment vivre avec un époux dont le regard vous ordonne sans cesse de baisser les yeux et de rougir? Oh ! dire que l'on a tout sacrifié à ses devoirs, tout, son cœur même ! et subir le mépris en face, et cela tous les jours !

Quel avenir devait-elle trouver sous la jalousie d'un homme qui, dans son amour même, ne lui avait offert qu'amertume et douleur ?

Et, d'ailleurs, elle ne pouvait plus vivre avec lui; alors, ne valait-il pas mieux fuir qu'être chassée? — Elle fuyait.

Cette fuite n'était donc qu'une question de fatalité pour elle, ou, du moins, la malheureuse femme le croyait. Frivoles pantins dans les mains du hasard, savons-nous bien quels sont toujours les fils qui nous font agir?

S'il est question que, malgré leurs aristotéliques dissertations, n'ont encore pu entamer les sophistes, c'est certainement celle de la liberté humaine, et, pour ne pas soulever ici les hautes questions qui fixeront, plus tard, nous n'en doutons pas, les méditations des philosophes et des criminalistes, questions de moralité et de culpabilité, nous nous contenterons, dans les aperçus de romancier, de rechercher les motifs qui purent, à son insu, influencer la détermination de Giulia.

Quelle que fût la pensée de cette femme, les événements qui s'étaient rués à la fois sur son honneur n'étaient point l'unique moteur de sa conduite.

Seule, eût-elle quitté la maison de son époux ? Qu'un autre homme que Frédéric se fût offert à elle pour lui servir d'appui, de défenseur et de guide, eût-elle suivi cet homme? se fût-elle placée sous sa protection? se fût-elle appuyée sur lui?

Non, sans doute.

Il y avait, dans le mot de fuite, un retentissement plus impérieux que le cri des circonstances avec lequel il s'était confondu, et ce retentissement avait été l'écho que le mot fuite, prononcé par la voix de Frédéric, avait éveillé dans le cœur de Giulia.

L'âme n'est pas maîtresse de ses affections, elle peut quelquefois les sacrifier, toujours les combattre, elle ne peut jamais les empêcher de naître, jamais leur défendre d'exister. Malgré tout le respect qu'empruntaient aux idées de Giulia les liens sous lesquels elle s'était placée, elle n'avait pu faire que les paroles de Frédéric n'évoquassent point dans ses souvenirs toutes les images du bonheur qu'elle avait trouvées dans ses premiers espoirs d'amour.

En ouvrant son cœur à ces impressions, la jeune femme n'avait cru que retremper son âme dans les illusions de son enfance; aussi aimait-elle profondément Frédéric, qu'elle ignorait encore la nature et la violence de l'affection qu'elle ressentait pour lui.

C'était à cet amour que la nécessité, sous laquelle elle se croyait forcée de se courber, avait emprunté sa plus grande énergie, quand elle avait cédé à la proposition de Frédéric.

Un seul instant elle était redevenue flottante ; ce moment avait été celui où, prête à faire le pas sur lequel elle sentait qu'elle ne pourrait jamais revenir, elle avait pris le portrait de sa mère.

Elle avait élevé au ciel ses yeux humides, et s'était arrêtée; mais, Frédéric s'était encore trouvé près d'elle ; et que sa voix l'eût moins convaincue que son regard ne l'eût fascinée, toutes ses irrésolutions s'étaient évanouies sous ce regard et à cette voix.

Appuyée sur le bras de cet ami, elle était sortie de la chambre, et, en sortant de cette chambre, elle était sortie du monde.

Criminelle devant la loi, adultère aux yeux des hommes, elle n'a plus, pour reconnaître et protéger son innocence, que son amant, sa conscience et Dieu !

XXIV

DIGRESSION

> Les hommes supérieurs meurent presque tous avec leurs idées ou pour leurs idées.
>
> *A. Delrieu.*

Bien que le ciel offrît par endroits de vastes champs d'un azur vif, la soirée avait un caractère de tristesse qu'elle empruntait autant à la lividité des nuages qu'au froid pénétrant d'une atmosphère encore tout imprégnée de pluie.

Le soleil venait de s'abaisser à l'horizon derrière une zone mate de vapeurs. A peine si une frange argentée y attestait sa présence ou du moins son passage, la campagne seule offrait l'aspect de la sérénité et l'image de la vie.

Une brise fraîche passant sur les blés en herbes, où retentissait la voix saccadée des cailles, les faisait ondoyer comme la surface d'un lac; une vague senteur de nature et de fécondité émanait de la végétation et semblait parfumer l'air des esprits de cette sève luxuriante.

Immobile sur un cheval qui, dans un galop facile, déployait toute la légèreté de ses formes africaines, un officier de dragons parcourait en ce moment la route de Courbevoie.

En vain le bel animal, tour à tour fatigué par la boue glissante des pavés ou par le défoncement du terrain imbu de pluie, quittait-il sans cesse le milieu de la route pour les côtes, ou leur fond mobile pour la ligne de grès, le cavalier laissant flotter les brides, semblait indifférent à ses caprices.

La pensée de cet homme était absorbée par des préoccupations bien plus graves !

Cette vengeance, qu'il épiait depuis tant d'années, allait-elle lui échapper encore? Quand il ouvrirait de nouveau les bras pour le saisir, son étreinte n'allait-elle embrasser qu'une ombre? lui faudrait-il recommencer encore une fois cette vie de dissimulation et d'attente dont le masque avait usé sa vie ?

Telles étaient ses réflexions : de l'impatience, de l'inquiétude, mais pas un remords !

Et pourtant le coup qu'il allait frapper devait être un coup mortel ; et trois innocentes victimes allaient tomber sous ce coup. — Il ne ressentait pas un remords !

Un remords ! pourquoi ? si son action, au lieu de se revêtir à ses yeux des couleurs du crime, y prenait au contraire celles d'un acte pieux ?

Pourquoi ? si l'éducation sur laquelle la société avait formé ses pensées, dès son enfance, avait pour lui paré le crime de la sainteté des premiers devoirs ? Et cela, l'éducation l'avait fait ; et la société lui répétait : « Il faut ce sang pour » effacer la tache imprimée sur la porte de ta maison, im- » primée sur le front de ton père ! »

Quelle est donc cette moralité de l'âme humaine, cire vile que pétrissent à leur fantaisie les passions ou les préjugés ?

Si telle est la puissance que les mœurs exercent sur le cœur de l'homme, et si les mœurs sont filles des lois, comme les questions d'intrigues et de votes s'agrandissent et s'élèvent ! quelle responsabilité doit peser sur celui qui écrit son mesquin intérêt sur le code de la justice ! quelle responsabilité doit s'attacher au philosophe et au publiciste, dont la raison s'égare dans les subtilités d'un vain équilibrisme, alors qu'elle pourrait effacer le crime des pages de la loi !

En promenant les regards sur la face si diverse de la civilisation moderne, ne se sent-on pas involontairement frémir devant les fruits de morts produits par les législations qui se sont tour à tour étendues sur le monde ?

Egaré par l'égoïsme, l'on n'a jusqu'ici envisagé l'homme que sous l'un de ses aspects. L'on n'a point assez vivement compris que l'individu, par cela même que son existence isolée se trouve impossible, implique sous son unité l'existence de deux êtres : l'être naturel et l'être social.

Qu'une civilisation n'est complète qu'autant qu'elle harmonie, pour le plus grand bien général, ou pour le plus grand bien de chacun, ces deux conditions d'exister. Dans un état organisé par les vrais principes, il n'est point d'oppression possible ; le froissement que l'individu peut subir comme être isolé se trouve toujours cent fois payé par les développements qu'il prend avec l'être collectif.

Dans tout autre système, au contraire, l'intérêt individuel venant à prédominer sur l'intérêt commun, il y a nécessairement oppression : — oppression de l'ensemble par une de ses fractions, du nombre par une de ses unités, — unité d'homme, monarchie ; — unité de caste, oligarchie et aristocratie ; — unité de nation, empire, absolutisme de la conquête. — Or, tous ces états constituent le règne de la violence, qu'ils s'appuient sur la force brutale ou sur la loi.

Et pourtant, tel a constamment été le caractère des prétendues civilisations qui ont tour à tour pesé sur l'homme : les législateurs, au lieu de jeter leurs institutions sur la nature, les ont toujours moulées sur leurs intérêts ; l'égoïsme du puissant a toujours été la pierre angulaire de ces édifices barbares.

Quand un individu s'emparant du droit universel a dicté des lois, il a fait trôner son *moi* sur les intérêts de tous.

Quand le pouvoir constituant a été l'usurpation d'une caste, cette caste a fait du droit commun le blason du privilège.

Quand un peuple, s'affranchissant de la domination de toute fraction intérieure, a pu conclamer ses lois, la patrie a été l'idole devant laquelle l'humanité a été sacrifiée.

Voilà l'histoire du passé ! — Le règne de l'égoïsme sous toutes les formes, — toujours le règne de l'égoïsme !

Et si des voix généreuses, des voix puissantes par l'intelligence et le cœur, se sont élevées pour en appeler à la justice, les passions des oppresseurs et l'ignorance des opprimés se sont liguées contre ces réformateurs.

Ainsi périt Socrate, dont on ferma la bouche avec une coupe de ciguë.

Ainsi périt le dernier des Gracques, sous le bâton des sénateurs.

Ainsi périt Jésus, à qui le gibet ouvrit les bras pour qu'il pût embrasser le monde.

Et les apôtres morts, ce n'a point été assez, il a fallu flétrir les martyrs ; on a voulu tuer leur gloire comme on avait tué leur corps : la calomnie s'est traînée sur leur tombe.

Et selon qu'ils ont dû frapper le règne du crime par le fer ou par la parole, on a hurlé au blasphémateur ou au bourreau !

Et comme si leur existence entière, existence de pureté,

de pauvreté et de dévoûment, n'eût pas proclamé hautement et saintement leur défense, ce peuple pour lequel ils avaient vécu, pour lequel ils étaient morts, ce peuple qu'ils ont baptisé peuple avec leur sang, ce peuple ingrat a crié lui-même au blasphémateur et au bourreau !

Pauvre humanité ! blasphémeras-tu donc toujours tes saints ?

Non, le souffle de la montagne a passé, après un long hiver, sur ce sol où Christ a semé la fraternité humaine, et sous ce souffle cette fraternité, germant l'égalité sociale, rompt enfin le sol qui s'ouvre pour engloutir les abus.

Joch suivait toujours la route sans que la chute du crépuscule ou la pluie fine qui tombait depuis quelques instants eussent pu interrompre ses rêveries, lorsqu'il en fut subitement arraché par l'apparition des toitures ardoisées de Courbevoie.

Alors il serra les brides, son cheval prit le trot, puis le pas, avec une vivacité à laquelle on eût pu méconnaître sa nature arabe.

Arrivé à cet instant fatal, Joch voulut préparer la manière dont il ferait à Pietro sa confidence, sans exciter de défiance dans son esprit. La première réflexion lui inspira une vive inquiétude ; ce ne fut qu'après avoir bien mûri tous les semblants et toutes les expressions d'amitié dont il entourerait cette accusation perfide, qu'il vit s'évanouir les difficultés dont elle lui avait paru entourée lorsqu'il l'avait aperçue à travers sa première pensée.

Dès qu'il eut arrêté le caractère qu'il devait donner à son entrevue avec Pietro, il fit sentir le genou à sa monture, et un instant après il descendait à l'hôtel de son ami.

—Ton maître? dit-il à Giuseppe qui vint prendre la bride de son cheval.

— Il est en haut, capitaine ; il vient de rentrer à l'instant.

— C'est bien !

Il monta.

XXV

YAGO

> Il en est des douleurs vives comme de ces blessures profondes qui ne jettent d'abord dans l'âme qu'une sorte de vertige sans souffrance.
>
> *Schiller.*

Il y avait eu tant d'adresse dans les paroles du Corse, qu'elles n'avaient laissé dans le cœur de Pietro, ni le plus léger soupçon, ni le moindre doute.

Le visage d'une pâleur safranée, les traits immobiles, mais décomposés, les yeux attachés au parquet, les bras pendants, le jeune officier était resté quelques instants atterré sous cette nouvelle.

Joch, l'air profondément affecté, se promenait dans la chambre et semblait attendre une réponse.

— Non, dit Pietro après un long silence, il ne faut point qu'on soupçonne mon départ. Joch, tu vas retourner tout de suite à Paris ; Giuseppe t'y suivra. Vous m'attendrez tous les deux chez toi. — Vous entendez bien : — tous deux chez toi.

Puis se reprenant :

—Si je n'y étais point à une heure du matin, toi, Giuseppe, tu viendrais me trouver à l'hôtel.

— Suffit, lieutenant.

Marcello comprit que Pietro voulait échapper aux soupçons que ce brusque voyage eût pu faire naître.

— Vois et juge !...

— Oui, je préfère partir seul. — Je vous suivrai dans un instant.

— Adieu donc.

Pietro lui serra la main avec cordialité.

— Adieu.... mon bon ami.

Ils se séparèrent.

Un instant après, le cheval de Joch, les flancs déchirés par l'éperon, galopait avec une rapidité que Giuseppe avait peine à suivre, et surtout à comprendre, si la raison n'en était dans le temps.

Comme Giuseppe ne trouvait dans son imagination aucun autre motif d'une telle course, il fut bien obligé de s'en tenir à celui-ci.

XXV

QUI COMMENCE DANS UNE AUBERGE

Qu'y a-t-il pour votre service ?
— Et la vieille accompagna ces mots de son plus beau sourire : une grimace à faire pleurer un enfant.

Hoffmann.

— Atout !— qui est bon ; je passe mon roi et deux carreaux ; — tu es volé, mon vieux, avec trois que j'avais, ça me fait cinq.

— La mère !... reprit le perdant d'une voix timbrée par le tonique du vin et de l'alcool ; et il frappa du fond de son verre l'épaisse table de hêtre, où quatre joyeux compagnons étaient assis.

« Plait-il ? dit une petite femme vive et rondelette, en quittant l'âtre où la retenaient les préparatifs du souper.

— Un litre !

— A mon tour, reprit un autre ; recule-toi un peu, Jacques, je me charge de ta revanche. »

Et les cartes, dont l'usage avait épaissi les légers cartons, furent occupées par les nouveaux *partners*.

Ce fut alors qu'un étranger, enveloppé d'un long manteau bleu, entra dans cette salle d'auberge. La maîtresse de la maison, qui au même instant, une bouteille à la main, sortait de la cave, s'empressa de se présenter à cet inconnu, qu'elle accueillit avec une révérence et un sourire en rapport direct, tous les deux, avec sa position sociale présumée d'après ses habits. — Un large sourire et une révérence profonde.

— Pourrait-on, madame, se procurer ce soir une voiture pour Paris ?

La réponse fut faite par l'un des buveurs, dont le mot *voiture* avait frappé l'attention et fait retourner la tête.

— Pas possible pour ce soir !.... nous ne nous mettons jamais en route à cette heure-ci, surtout par un temps pareil.

L'étranger, — c'était Pietro Falcom, — s'avança alors vers lui.

— Et combien prendriez-vous, de jour, pour me transporter à Paris ?

— Ça dépend.

Le conducteur se leva. — Faudrait-il partir pour vous seul ?

— Pour moi seul.

— Dame, mon bourgeois !... ne donneriez-vous pas bien une pièce de six francs ?

— Voulez-vous atteler tout de suite, en voici quinze ?

Le cocher sembla réfléchir. — Le temps était affreux, mais la somme était belle. L'air et la température de l'auberge, calme et tiède atmosphère qu'égayaient la bonne chaleur de l'âtre et le fumet d'un souper délicieux, délicieux de l'appétit universel, avaient de puissantes séductions pour le pauvre diable, tout harassé des fatigues d'une journée pluvieuse, et dont une eau froide imprégnait encore les habits ; mais il y avait bien des heures de joie dans les quinze francs qui lui étaient offerts, et l'occasion de gagner pa-

reille somme ne se présentait point à lui tous les jours. — Que serait-ce après tout ? quelques heures de route, et une ondée de plus. — Oui, mais les trois pièces de cinq francs sonneraient dans son escarcelle..

L'attrait de l'argent l'emporta.

— Si ça vous oblige....

Il quitta la table en prononçant ces mots, et la fin de la phrase fut abandonnée à la bienveillante interprétation de l'officier, qui eût pu la formuler hardiment ainsi : Vos trois pièces de cent sous ne m'obligent pas moins ; — mais les prédispositions de Falcom ne tournaient point du tout, ce soir-là, son esprit à la plaisanterie.

— Que cela se fasse donc vite.

— Dans un quart-d'heure je serai à la porte.

Contre l'ordinaire, le conducteur fut exact : vingt minutes après cette conversation, la voiture roulait sur la route de Paris.

La nuit était d'une obscurité complète ; une lueur blanchâtre, dont étaient accidentés quelques nuages, indiquait seule la partie du ciel où se trouvait la lune ; mais cette lueur blafarde avait, au milieu de ces épaisses ténèbres, quelque chose de saisissant et de lugubre.

Bien que la pluie eût cessé, le vent donnait toujours par rafales et toujours avec violence. Les arbres, pour la plupart, les troncs, encore presque sans feuilles, dressaient des deux côtés de la route leurs bras noirs, grelottaient sous ce souffle glacé.

A entendre les bruissements prolongés de la brise et le claquement des branches qu'elle choquait les unes contre les autres, l'imagination, dominée par l'influence de cette sombre soirée, eût pu prendre ce bruit pour celui d'ossements de squelettes, dont les murmures de chaque bouffée eussent paru les gémissements.

Ces causes attristantes n'avaient éveillé aucune impression dans l'âme des deux voyageurs, en ce moment bien diversement préoccupés.

Le cocher, après avoir demandé au militaire, plus par habitude sans doute que par politesse, si la fumée du tabac ne l'incommodait pas, avait tiré de la coiffe de sa casquette en peau de loutre une courte pipe, à qui ses longs services avaient donné une précieuse couleur d'ébène, et un sachet de cuir, amulette qui ne le quittait jamais ; puis, son *brûle-gueule* allumé, il s'était pris gravement à savourer la vapeur de cet opium bâtard, que nous frelate et nous brocante notre divan occidental.

Pietro, enveloppé dans son manteau, s'était jeté dans un des angles de la voiture.

Si l'obscurité eût permis de distinguer l'expression répandue sur son visage, le regard se fût arrêté sur une sombre impassibilité.

Les transports que la jalousie avait soulevés dans son cœur avaient perdu leur exaltation fiévreuse ; un instant de douloureuse atonie avait succédé à leur crise. Tous les sentiments que l'annonce fatale de Joch avait froissés saignaient en silence dans son cœur.

A mesure que les images qui d'abord avaient assiégé sa noire absorption, s'étaient adoucies, s'étaient éloignées, les souvenirs avaient reporté sa pensée de ce présent sur son passé si calme, et il avait senti dans son cœur un grand regret.

Quelle folie à lui, qu'emportait une profession aventureuse, d'avoir voulu lier sa vie à une destinée et à un honneur, dont sa destinée et son honneur étaient devenus solidaires ! Quelle imprudence d'avoir été choisir une jeune fille dont l'existence, ensevelie dans une île lointaine, était restée sans défense contre la séduction, pour l'exposer, elle simple et vierge comme ses montagnes, au sein d'un monde dont tous les éléments vieillis sont en lutte, d'avoir jeté cette fleur délicate au souffle empoisonné d'une société mourante !

Et au milieu de ces rêves, cette société lui était apparue, non plus parée de diamants et de fleurs, à travers l'éclat de ses fêtes, mais dépouillée de ses dentelles et de ses blondes, nue, avec les deux grands ulcères que lui a faits le harnais de sa civilisation usée, la prostitution et l'adultère.

Toutes ses classes s'offraient à lui le cœur gangrené de cette double lèpre : toutes, depuis l'aristocratie jusqu'au peuple.

La prostitution et l'adultère partout : là pour un morceau de pain, là pour une robe, là pour un équipage, là pour un palais ; partout, dans l'hôtel doré comme dans la boutique, dans l'échoppe boueuse comme dans le froid grenier, et partout jetant le masque, marchant la tête haute, le jarret tendu, la taille droite, toujours fêté, toujours applaudi ; qu'il discute à la tribune, qu'il déclame au théâtre, qu'il disserte dans les livres ou qu'il se dandine dans les salons ; posant en céladon, parlant en roi, trônant en maître !

Et devant cette corruption universelle, Pietro, voyant le mariage attaqué plus encore par les faits que par les déclamations ou les raisonnements, se prenait à chercher les causes de cette désorganisation, et à se demander si un arbre sain et bon pouvait bien produire tant de fruits empoisonnés, lorsque la voiture, en s'arrêtant brusquement, vint interrompre ses pensées.

On était arrivé à la barrière de Paris.

— Quelle rue, monsieur ? dit le cocher au militaire, dès que l'agent de l'octroi eut terminé sa visite.

— Rue de la Cerisaie, 6, répondit l'officier, et le cheval, excité par le fouet, reprit son trot habituel.

Cette interpellation fit sortir Falcom de l'espèce de marasme moral où l'avait jeté l'épuisement dont avait été suivie la violence de sa crise ; le sang se reporta à sa tête et à son cœur, et cette jalousie, que la réflexion avait semblé un moment fléchir, revint avec toute son ardeur de vengeance.

XXVII

AH !

> La vie de la femme n'est qu'un long acte de soumission et de foi. C'est la religion, Fulgence, qui préside à notre éducation de jeune fille. Ce qu'elle nous enseigne, nous ne pouvons le discuter, nous devons le croire en attendant la preuve, et la preuve en est là-haut.
> *Madame Rose Deschamps.*

Onze heures !...

Elles venaient d'être frappées par l'horloge de l'église Saint-Paul, à laquelle l'Hôtel-de-Ville, la tour Saint-Gervais et vingt autres sonneries, avaient répondu comme autant d'échos.

Fidèle à ses vieilles habitudes, le quartier de l'Arsenal, quartier de rentiers et de petits marchands, d'ouvriers et de vieilles filles, avait fermé depuis longtemps ses boutiques, et s'était endormi bourgeoisement à l'heure traditionnelle du couvre-feu, — exact et paisible comme jadis.

Aucun bruit ne se faisait plus entendre que celui des giboulées tournoyant dans la rue aux intermittences de la bise, le grincement des réverbères qui, battus par le vent, faisaient crier leurs poulies, et le clapement des gouttes d'eau qui cinglaient contre les vitres.

Depuis longtemps déjà, le frôlement d'un fiacre sur la boue n'avait fait retentir ces rues.

Une lampe de bronze, dont la mèche charbonnée ne jetait à travers son globe de cristal dépoli qu'une lumière fascayante, éclairait alors d'une lueur si faible les draperies et les rideaux jaunes d'une chambre au premier, sur la rue de la Cerisaie, que, si un passant eût porté ses yeux sur ces fenêtres, il eût pu croire que c'était une veilleuse dont la clarté douteuse dormait près du lit d'un malade, peut-être aussi près de l'alcôve où reposait une jeune femme, heureuse de ses rêves de tendresse, languissante, émue.

Cette lumière éclairait une scène dont le calme apparent recélait des émotions bien profondes.

Aux jeux d'ombres qui se projetaient par tons chauds, ou baignaient d'une molle obscurité les parties les plus éclairées de cette pièce, vous eussiez songé d'abord aux belles eaux fortes des écoles hollandaises et flamandes ; si votre œil en eût sondé les clairs obscurs, il eût pu distinguer, dans le fond, un jeune homme achevant de ficeler plusieurs malles, et, — près de la cheminée, assise dans un fauteuil dont les deux bras portaient ses coudes, les mains jointes sur sa ceinture, une femme toute jeune, qui, la tête abaissée sur son sein gonflé de soupirs, tenait ses yeux fixés sur le foyer, sans que les flammes, qui, colorées et capricieuses comme comme celles du punch, jouaient sur la braise, pussent y aviver un seul regard.

A l'expression de douleur répandue sur cette figure, dont le morne abattement annonçait, confondues, la résignation et la souffrance, on sentait que toutes les pensées devaient rouler dans cette tête autour d'une seule douleur.

Le jeune homme vint bientôt s'asseoir auprès d'elle ; leurs regards se rencontrèrent ; un sourire effleura légèrement leurs deux bouches, une étincelle brilla dans leurs yeux ; mais ce sourire et cette étincelle recélaient tant de souffrance secrète, que l'on eût dit, de l'un, qu'il se dégageait d'un cœur ulcéré, comme l'autre brillait à travers une larme.

Ils restèrent ainsi quelques instants, sans que, pour se comprendre, ils eussent besoin d'autre expression que leur silence.

Frédéric dit enfin :

— Tout est prêt, Giulia.

Puis après avoir regardé la pendule :

— Une heure encore !

Giulia poussa un soupir.

— Vous êtes bien triste, mon amie !... Ne souffrez-vous pas ?

— Je ne souffre pas...

Comme au triste accent avec lequel elle avait prononcé ces paroles, Frédéric avait attaché sur ses traits des regards pleins d'inquiétude et de défiance, elle ajouta :

— Pourtant !...

En prononçant ce dernier mot, elle éleva douloureusement ses yeux vers le ciel, et les rabaissa sur Frédéric en continuant :

— Mon sang me brûle ! toute pensée m'effraie ; je n'ose regarder dans l'avenir.

— Pourquoi y regarder aussi ? Peut-on bien juger quand on souffre ? Laissez faire le temps.

Après s'être arrêté un instant sur ces derniers mots, il reprit d'un ton plus ému :

— Si le dévouement d'un homme, qui serait heureux de se sacrifier pourvu qu'il souffrît pour vous, peut apporter quelques consolations dans votre âme, du moins, ces consolations ne vous manqueront pas.

— Mon Dieu !...

— Ne vous plaignez pas ainsi, vous ne savez pas tout le mal que vous me faites ; car enfin, c'est moi qui suis la cause de votre malheur...

Giulia l'interrompit avec reproche.

— Frédéric, vous ne songez point à moi, vous ne tenez pas compte de ma position, de ce que je fais, de ce que j'endure, moi faible femme !

Elle soupira profondément. Frédéric, rêveur et silencieux, tint quelques instants ses regards attachés sur elle, puis :

— Vous avez raison, madame, il est des déterminations, toutes forcées qu'elles soient, que l'on ne prend encore qu'avec peine ; quelque lourdes que soient les chaînes, il en coûte toujours pour les rompre quand les préjugés en forment les anneaux ; quand, sur ce qui n'est que sujétion, notre éducation a écrit : *devoir*. Mais s'il faut un moment de résolution pour les briser, le courage doit-il manquer, Giulia, quand c'est une nécessité surtout ? Le prisonnier regrette-t-il le boulet auquel la loi a rivé sa vie ?

— Il ne le regrette pas lui, il fait bien, lui ; qu'il rejette ses fers, on les lui a imposés ; mais moi, je les ai acceptés, je les ai choisis.

— Dites qu'on vous a trompée. Ignorante du monde, ignorante de la vie, dans l'âge où tout était inexpérience pour vous, où votre âme, sans passions encore, était pour votre bon ange un mystère ; car vous étiez ainsi quand on vous a fait décider de votre sort...

La jeune femme, étouffant un soupir, éleva légèrement les yeux, comme si elle eût voulu prendre le ciel pour garant de la vérité de ces paroles.

Frédéric poursuivit :

— On vous a parlé de bonheur, et sans connaître cet avenir, confiante en ces paroles, confiante en vos désirs, vous vous y êtes élancée avec ivresse. Pouviez-vous savoir, pouviez-vous deviner, par la vie si bornée de la jeune fille près de sa mère, la nouvelle existence que vous alliez commencer ? Pouviez-vous la deviner, vous qui n'aviez pu l'entrevoir qu'à travers vos instincts et vos rêves ? Maintenant même, la connaissez-vous, dites ? la connaissez-vous bien ?

— Je la connais trop !

— Mais complètement ? non ; il suffit de réfléchir sur le cœur humain pour deviner qu'il faut longtemps étudier, douleurs par douleurs, cette vie, où un asservissement infrangible pétrifie toutes les affections de l'âme, avant de la savoir tout entière.

On vous présente un homme qui a tout intérêt à cacher ce qui pourrait vous éloigner de lui. Vous le voyez quelques mois, quelques années, qu'importe ! chaque jour ne prouve-t-il pas à ceux qui ont le plus fréquenté le monde, qu'ils se sont trompés sur des amis dans le cœur desquels ils avaient toujours cru lire? — Et l'on vous dit à vous, malheureuse enfant, que vous connaissez cet homme, et vous le croyez, et l'on vous unit. Alors vient l'avenir.

La voix du jeune artiste continua avec un accent pénétrant, dont la mélancolique poésie fit palpiter toutes les fibres du cœur de la pauvre Corse.

—Le ruisseau plane et pur souriait à vos yeux, vous avez voulu y baigner vos pieds; mais sa rapidité lissait seule sa surface, et voilà qu'il vous entraîne. Faut-il qu'il vous engloutisse sans que vous cherchiez à vous reprendre à ses bords?

Giulia l'écoutait avec un assentiment plein de tristesse.

—Cette lutte n'est point égale entre nous; épargnez-moi, lui dit-elle enfin.

— Est-ce trop exiger que de vouloir vous consoler?...

Giulia, se redressant, posa légèrement sa main sur l'épaule de Frédéric, et lui répondit avec effusion :

— Je vous rends justice, Frédéric; c'est bien à vous de frapper de votre raison ce que nos mœurs ont de faux et d'odieux; c'est généreux à votre cœur d'offrir un appui à cette femme qui se sent faillir à la peine : et moi aussi, quand je descends froidement dans mon âme, je me dis parfois qu'il n'est pas juste que l'erreur d'un jour dessèche et brise toute une destinée; que l'on peut rejeter le fruit dont l'éclat vous a séduit d'abord, quand son écorce vermeille ne renferme qu'une cendre amère. Oui, je me le dis; mais quand il faut agir, la force me manque.

— Pourquoi?...

— Ah ! pourquoi! reprit-elle avec un soupir, c'est que, voyez-vous, cette voix nouvelle est alors bien faible au milieu de celles qui ont toujours retenti dans ma vie, cette pensée bien vacillante au milieu de toutes celles que l'éducation a semées et qui ont vieilli dans mon cœur! C'est une goutte d'eau douce et pure qui tombe dans la mer...

Elle fit une pause avant de reprendre :

— En vous, messieurs, l'éducation mûrit l'intelligence, développe les pensées; c'est à la tête qu'elle s'adresse. Pour nous femmes, elle ne s'attache qu'au cœur. Vous raisonnez, vous, c'est juste: vous devez commander; nous, nous devons obéir ; on nous fait tant de croire ; à peine nous laisse-t-on quelques instincts qui flottent et s'éteignent dans les convenances et les nécessités de la société. Voilà ce que l'éducation nous fait toutes.

— Eh bien ! c'est une dégradation morale à laquelle vous devez vous soustraire ; il le faut... veuillez-le donc.

— Il est bien difficile de se raidir dans des liens imposés dès l'enfance, et que chaque jour a tissés de nouvelles impressions. Que peut notre frêle raison contre une foi où se résume toute notre vie ? Si nous nous arrêtons à d'autres pensées, ce n'est qu'avec défiance, qu'un instant, presque avec remords.

Et après avoir posé sur Frédéric des regards qu'elle abaissa aussitôt :

— Peut-on briser un autel où l'on s'est prosterné tous les jours ?

—Vous vous abusez vous-même ; vous vous complaisez dans votre malheur. Non, Giulia, vous ne pouvez vous attacher à des idées qui flétri tout ce que vous aviez de plus doux sentiments dans l'âme, et qui les flétriraient toujours; puisque vous reconnaissez leur fausseté, c'est un bon signe, il sera facile de les arracher de votre cœur.

— Peut-être; mais il en restera toujours assez de racines pour que rien n'y puisse venir après.

Il se fit un moment de silence que Frédéric interrompit par ces mots, qui semblèrent la continuation des réflexions auxquelles s'était abandonnée sa pensée :

— Je conçois; ce serait folie de vouloir triompher en un jour d'impressions qui dominent toute votre existence ; elles s'en iront à la longue. Le temps, qui efface tout, les effacera ; nous, nous chercherons des distractions qui reposent votre âme. Aucun lien ne nous enchaîne à la France, nous voyagerons.

Et il sembla attendre une réponse à l'interrogation, qui se trouvait moins dans ses paroles que dans le regard qu'il avait fixé sur les yeux de son amie.

—Frédéric, vous êtes bien bon !...

—Nous parcourrons les Alpes, le Tyrol, l'Italie : l'Italie!... belle contrée... Oh ! Giulia, la poussière des vieux Romains y produit autre chose que des lazzaroni et des fleurs, allez ! Et l'Espagne, c'est là qu'est la poésie, dans ses villes et dans ses sierras, comme dans l'œil noir de ses femmes ; comme dans son ciel où rayonne l'amour; et puis vienne le jour : ses hommes sont aussi d'une bonne nature. Nous parcourrons l'Espagne. Maîtres de nous, comme les oiseaux de passage, nous pourrons, comme eux, suivre le printemps ; et au milieu de cette nature toujours chantante, chaude, épanouie, dans une atmosphère de lumière et de parfums, chaque jour viendra asséréner votre âme ; car le bonheur, Giulia, comme l'infortune, possède un charme contagieux.

— Frédéric, dit la jeune femme, dont l'œil sembla rayonner sous ses larmes, qu'il me faudra de reconnaissance pour m'acquitter envers vous ! Vous joignez votre sort à ma destinée sans appréhender qu'elle ne le brise ; vous voulez, pour l'adoucir, partager mon malheur ! C'est bien, Frédéric! Et moi, que puis-je? Je n'ai pas même mon cœur à vous offrir.

Le jeune homme comprit, malgré ces paroles, qu'il y avait autre chose que de la reconnaissance dans l'émotion avec laquelle elles furent prononcées.

— Vous pouvez tout, madame ; un regard, un mot de vous, c'est assez pour payer ma vie. Vous ne me devez rien, je vous dois tout. Que serais-je sans vous? C'est à moi de vous consoler et de vous bénir, puisque, loin de me repousser, vous me permettez de rapprocher ma vie de votre vie. Seulement, si votre avenir devient mauvais, dites-moi que vous ne m'en voudrez pas de l'avoir voilé ; dites-moi que mon amour.... maintenant, non, c'est peut-être impossible : je ne le demande pas ; mais plus tard, dites-moi que mon amour, s'il ne crée pour vous du bonheur, pourra du moins, en consolant votre cœur, y réveiller de la tendresse.

Giulia, les yeux baissés, ne rompit point son silence ; mais sa main, que Frédéric avait saisie, s'oublia dans les mains brûlantes de son amant.

— Vous ne répondez pas?

Elle rougit, mais elle resta muette.

—Vous avez raison... Qu'ai-je le droit d'exiger de vous? Si vous souffrez, j'en suis cause ; je me suis jeté dans votre destinée pour la détruire ; et vous, toujours bonne, loin de me maudire, vous trouvez encore pour moi de douces paroles ; vous prenez pour appui le bras qui vous a fait tomber. Je suis un insensé, vous êtes un ange ! non, ne m'aimez pas, c'est moi qui vous aimerai ; j'entourerai de tant de tendresse votre existence, que j'ai flétrie, qu'elle rassemblera à ces jeunes platanes brûlés par un coup de soleil, mais qu'une liane entoure d'une végétation si puissante, que l'arbuste desséché semble et se croit encore dans sa floraison première.

Giulia parut émue.

— Frédéric, comme votre tendresse est ingénieuse pour me consoler ! Que votre voix sait bien pénétrer dans l'âme ! Frédéric, je vous admire et vous révère ; vous êtes là, près de moi, comme mon bon esprit pour faire briller un éclair de bonheur à travers mes larmes ; pour me donner de la force, quand je sens mon cœur faillir ; pour me soutenir quand je me sens chanceler. Je vous aime, mais cette tendresse est si chaste et si sainte, que ce serait un sacrilège de la profaner. Frédéric, soyez mon ami, soyez mon frère ; quand d'autres liens n'existeraient point pour moi, si jamais je devais vous appartenir, je craindrais de moins vous aimer.

Frédéric sentit un frisson de bonheur; ses yeux, luisants de larmes, se fixèrent sur ceux de Giulia, qui, souriante et triste, le regardait avec le calme d'une affection céleste.

Après un moment de silence, elle reprit :

— Vous me faites comprendre que de douces émotions peuvent traverser la vie plus vives, souffrances... Frédéric ! je crois que si la mort me frappait en ce moment, je lui dirais : Merci.

Elle fit une pause. Cette pensée de mort voila ses traits d'une douce mélancolie où son âme parut se recueillir.

Le jeune homme la regardait avec étonnement, quand elle reprit :

— Devant elle plus de souvenirs, plus de craintes ; oui, plus de passé, plus d'avenir ! Frédéric, je voudrais mourir maintenant !

— Rejetez ces idées.

— Je pourrais alors descendre dans mon cœur sans crainte, je pourrais lui obéir sans remords. Toutes les affections sont pures devant la mort, elle délie et absout.

Et après l'avoir regardé avec tendresse :

— Si nous pouvions mourir ensemble !

Les yeux de Giulia s'étaient arrêtés sur une boîte de pistolets, ouverte sur un guéridon, près d'un sac de nuit.

C'étaient des armes magnifiques ! un bois des îles d'un travail admirable, des canons de Lepage, tordus, rubanés et damasquinés en or : une folie de jeune homme !

Frédéric sourit.

— Ces pistolets sont-ils chargés ? dit Giulia.

— Un seul l'est.

— Celui-ci ?

— Oui, je pense.

Elle prit l'autre. Ses regards semblèrent caresser ces armes, dont la couleur bronze sombre faisait ressortir la blancheur et la délicatesse de ses doigts.

— Vous, Frédéric, n'avez-vous jamais souhaité la mort ?

— Jamais je n'ai désiré mourir ! répondit-il d'un ton légèrement empreint d'indifférence.

— Jamais ?

— Quelquefois pourtant cette idée-là, s'est présentée dans mes rêves ; mais éloignée, vague, poétique : une mort à deux ; non pas la mort comme on la représente, un squelette qui vous abat d'un coup de faux, et fait de deux amants deux cadavres livides, mais une belle fée qui vous sourit et chante, vous berse comme une mère ses deux enfants, et vous vous endormez tous les deux avec des mots d'amour dans la bouche, et dans la voix des soupirs que doit effacer un dernier silence. Voilà, comme je l'ai rêvé ; mais immédiate, menaçante, jamais !

— Avec moi vous plairait-elle ?

— Ce serait du bonheur.

— Est-ce bien vrai ?

— Oui... Comme vous dites cela !

— Voulez-vous que nous mourions ensemble ?

— Enfant !

— Oh sérieusement ! ce serait pour moi un moment de bien douce ivresse. Tous les obstacles qui nous séparent, une balle peut les briser ; mes serments, mon sang les effacerait tous ; je pourrais vous aimer, Frédéric, sans que l'ombre... de l'autre, se glissât entre nos deux cœurs. La mort, c'est la grande libératrice. Tout le mal que les hommes ont fait, elle le répare ; elle relève de tous les serments, elle casse tous les arrêts, elle affranchit, elle libère ; plus d'entraves, plus de joug devant elle. Frédéric, ce serait bien doux de s'endormir, comme vous le disiez tout-à-l'heure, se parlant de tendresse, moi appuyée sur vous, vous penché sur moi, de nous endormir ainsi pour nous réveiller dans un monde meilleur ; de se dire adieu dans la vie en se donnant rendez-vous dans l'éternité. Oui, ce serait bien doux ! Le voulez-vous, dites ?

Lui prenant la main :

— La mort ne sépare point, Frédéric, elle réunit.

Elle le regarda avec un triste sourire, à qui l'exaltation qui rayonnait dans ses yeux donna l'expression de la conviction la plus profonde, et le ressort de la batterie cria sous ses doigts.

— Le voulez-vous ? répéta-t-elle ; je vous tuerai et me tuerai après.

Et ce disant, elle avait dirigé le canon du pistolet sur la poitrine de son amant.

Frédéric ne croyait point l'arme chargée ; un mouvement dont il n'eut point conscience lui en fit cependant détourner vivement la direction.

Une détonation violente se fit entendre.

La lampe fut brisée ; un nuage de fumée emplit la chambre, les morceaux d'une vitre résonnèrent dans la rue.

— Ah !...

Giulia, éperdue, pâle, l'œil hagard, se dressa, poussa ce cri, et tomba lourdement sur le parquet, comme si la balle eût ricoché sur elle.

XXVIII

UN HÔTEL

Qu'en adviendra-t-il !
Regnard.

Les corridors où, un instant auparavant, tout était calme et silence, se remplirent en un moment d'agitation et de murmures.

Les portes s'étaient brusquement ouvertes ; vingt questions se confondaient dans un commun sentiment d'inquiétude et de curiosité : c'étaient des voix tremblantes et émues, de frêles voix de femmes, dont l'émotion perlait chaque parole, des voix chevrotantes de vieilles filles que faisait flageoler la crainte, et, au milieu des voix graves et fortes, auxquelles chaque instant en joignait de nouvelles.

— Qu'y a-t-il donc ?

— Vous n'avez pas entendu une explosion d'armes à feu ?

— Dans la maison ?

— A cet étage même.

— Pas possible !

— Les oreilles m'en tintent encore.

— Je croyais que le bruit partait de chez vous.

— Je ne m'amuse pas avec des armes, moi : je suis garde national, c'est vrai ; mais je suis prudent, je ne touche point à mon fusil sans motif.

— Un cri a suivi la détonation.

— Puis une chute lourde, comme celle d'un cadavre qui eût tombé sur le parquet.

— Serait-il arrivé un malheur ?

— Peut-être bien un crime.

— Il faut visiter les appartements.

— Il faut appeler le commissaire du quartier.

— Plus souvent qu'il va se déranger à cette heure !

Un nouvel interlocuteur vint suspendre ce bruissement confus, où l'oreille la plus attentive pouvait à peine recueillir des lambeaux de phrases : — C'était le portier.

— Messieurs, le coup est parti du n° 5 ; c'est une vitre de cette chambre qu'a brisée la balle.

— Il faut y aller ! il faut voir !

Ce fut un cri général ; tous roulèrent comme un flot vers la porte indiquée.

XXIX

ENTREZ, S'IL VOUS PLAÎT

. . . . . . Faites !...
Victor Hugo.

La chambre de Frédéric offrit en ce moment un tableau dont le bruit extérieur et les lueurs fugitives du foyer rendaient le silence et l'obscurité plus mystérieux et plus terribles.

Les clartés folles qui s'élançaient par intervalles du milieu des braises jetaient leurs reflets blafards sur une pâle figure dont les cheveux dénoués étalaient leurs boucles noires sur le tapis, et s'allaient souiller jusque dans les cendres.

Auprès d'elle était un homme dont la lueur mourante des charbons éclairait à peine les pieds.

Et pas un sanglot ! pas une plainte ! pas un soupir !... à l'extérieur seulement, un bruissement confus de rumeurs et de cris.

Frédéric, debout dans l'ombre, la tête avancée, les bras tendus, écoutait, dans une immobilité complète, tout ce qui se disait, tout ce qui se faisait sur le carré ; l'inquiétude suspendait sa respiration, le bruit de ses artères irritait son impatience : il eût donné la moitié de son sang pour faire taire les oscillations bruyantes de son cœur.

Les murmures s'élevèrent, des pas précipités se firent entendre ; sa crainte devint si vive, que son cœur cessa de battre un instant. Le bruit approchait toujours ; il s'arrêta enfin.

Plusieurs coups retentirent à la porte.

— Qui frappe ici ?

— Ouvrez ! ouvrez !

— Qui êtes-vous ? que voulez-vous ?

— Ouvrez ! ouvrez ! reprirent des voix nombreuses.

— Si c'est l'explosion qui vient de retentir qui vous inquiète, soyez sans crainte ; un pistolet que je touchais sans précaution est parti dans mes mains. Cette imprudence a été sans suite, ne vous effrayez donc pas.

— Mais ce cri, cette chute ? dit une voix sourde et tremblante, celle sans doute du prudent garde national.

— Il faut qu'il ouvre ! ajoutèrent d'un ton résolu les plus hardis, que venait de fixer cette remarque.

— Il faut qu'il ouvre ! répéta la foule entière.

— Messieurs, je vous déclare encore une fois que cette détonation n'a produit aucun malheur; je vous le déclare sur ma parole....

— S'il n'est pas arrivé d'accident, rien ne peut vous arrêter; dissipez notre inquiétude : vous n'avez qu'à ouvrir.

— La parole d'un homme d'honneur devrait avoir auprès de vous quelque poids, je pense; mais puisqu'elle vous paraît sans force, je vous déclare que je n'ouvrirai pas.

— Cette obstination est inconcevable.

— Ou plutôt elle explique tout.

— On ne tire point par imprudence des coups de pistolet durant la nuit, repartit avec profondeur le milicien de l'ordre public.

— Il faut le forcer à ouvrir.

— Ouvrez! ouvrez! répéta de nouveau la foule.

— Je n'ouvrirai pas!

Ces mots furent criés avec un accent de colère et de menace.

— Il faut enfoncer la porte.

— Oui! oui!

Les prunelles de Frédéric dégagèrent des étincelles. S'élançant par-dessus les malles qui se trouvaient dans la place, il fut d'un seul bond devant le seuil.

— Ah! vous enfoncerez la porte!

En prononçant ces paroles d'une voix traînante et décomposée, il croisa ses bras en balançant d'un air de menace la partie supérieure de son corps, comme s'il se fût déjà trouvé face à face avec la multitude.

— Je vous attends là.

Puis, après un court silence :

— Et d'abord, personne ne vous appelle, n'est-ce pas? Eh bien! nul homme au monde n'a le droit de pénétrer à cette heure, sans ma permission, dans ce lieu. La nuit, tout domicile est sacré, et cette chambre est mon domicile. Il me reste un pistolet chargé; le premier qui franchit ce seuil, j'en jure sur mon honneur, fût-il mon meilleur ami, fût-il mon frère lui-même, je lui brise la tête comme à un voleur.

On garda le silence.

— François peut vous dire, poursuivit-il, si je suis homme à tenir mes promesses! — Maintenant, entrez, s'il vous plaît.

François fut flatté de la distinction qu'à son estime établissait, en sa faveur, l'interpellation de M. Frédéric.

Il le connaissait depuis cinq ans qu'ils étaient tous deux entrés dans l'hôtel, Frédéric comme locataire, François comme domestique de l'étage même où celui-là prit un logement; et depuis cette époque, il admirait si sincèrement la douceur et la conduite du jeune artiste, qu'il le citait à chaque instant comme un modèle de sagesse et de bonté : aussi, dans cette circonstance, il avait élevé la voix, c'avait toujours été comme médiateur et avec des paroles conciliatrices.

Les explications qu'il donna, jointes à l'effet de la dernière menace, produisirent le résultat qu'en attendait Frédéric. Les injonctions des plus hardis s'effacèrent sous les réflexions des plus sages.

— C'est certain, fit remarquer sans doute un légiste, le Code est précis; puisqu'à l'intérieur personne ne réclame de secours, on ne peut le forcer d'ouvrir.

— Si c'est la légalité, ajouta en serrant et en allongeant ses lèvres le soldat bourgeois, je n'ai plus rien à dire.

Quelques rumeurs avaient accueilli ce revirement subit de détermination, le premier interlocuteur reprit :

— Pas de scandale, messieurs! savez-vous qu'en forçant cette porte, même en présence de l'autorité, vous pourriez vous embarquer dans une méchante affaire?

— Il est dans son droit.

— C'est inutile de faire une scène.

— S'il est arrivé quelque malheur, demain on le saura toujours.

— Sans nul doute; on fera ce que l'on voudra, moi je me retire. Bonsoir, messieurs.

Mille autres réflexions calmèrent graduellement cette tempête d'hôtel garni, à laquelle Frédéric avait jeté son quos ego..., comme ne manquerait point de dire un professeur de rhétorique.

Les conversations à voix basse succédèrent encore pendant quelques instants à l'agitation et aux clameurs; les portes se refermèrent tour à tour, et la maison, un quart-d'heure après tout ce bruit, était rentrée dans sa quiétude première.

XXX

DOULEUR PIEUSE

> Quelle angoisse déchirait son cœur!
>
> *Le Stabat.*

Frédéric put donc enfin respirer!

Son émotion était si vive, qu'il fut contraint, pour ne point tomber en regagnant la cheminée, de s'appuyer un moment de la main droite sur le dossier d'un fauteuil, tandis que, la tête en arrière et les yeux demi-fermés, il inclinait son torse sur sa main gauche, fortement serrée contre son cœur, comme s'il en eût voulu comprimer les battements. Cette espèce de vertige ne dura pas.

Il s'avança vers Giulia. Agenouillé près d'elle, il tint élevée dans ses mains, durant quelques instants, cette tête dont les flammes du foyer par leurs tons mobiles et ternes, dégradaient et assombrissaient la pâleur.

La respiration de la jeune femme était interrompue, les pulsations de son sang avaient tombé; si une agitation nerveuse n'eût fait trembler ses lèvres, et n'eût tourmenté ses membres de brusques mouvements, rien en elle n'eût accusé la vie.

Frédéric, la soulevant dans ses bras, la porta avec précaution, comme une mère son fils endormi, et la déposa doucement sur le lit, comme s'il eût craint de rompre son sommeil.

Deux bougies furent aussitôt allumées.

Certes, il y avait bien de l'effroi, bien de la souffrance dans l'âme de Frédéric; une angoisse bien vive devait serrer ce cœur plein de dévoûment et d'amour, à l'aspect de cette femme aimée, dont le corps raide et froid ne semblait plus tenir à l'existence que par la douleur.

Oui, certainement!

Eh bien! il y avait tant de beauté dans ce visage, où l'âme, en le fuyant, avait répandu une si suave langueur; un charme tellement indéfinissable de tristesse entourait de son auréole cette tête dont une expression dolente semblait avoir estompé tous les traits; cette noire chevelure, dont les flots noyaient les épaules de Giulia, donnait, par son répulsif bitumineux, tant de relief à leurs formes jeunes, riches et naïves, que Frédéric s'arrêta immobile devant elle, non avec le sentiment d'admiration que l'on porte à toute belle femme, non avec ce frisson d'enthousiasme que l'on éprouve devant les merveilles d'un marbre animé ou d'une toile vivante, non; mais avec piété, avec cette ferveur religieuse dont une intuition céleste nous saisit et nous transporte l'âme.

C'est qu'il y avait plus que la jeune et belle femme dans ces lignes larges, dans ces formes harmonieuses.

Ces épaules soyeuses, ces contours chastes et satinés qui s'échappaient des gazes déchirées, comme les pétales d'une rose unique des sépales de leur bouton, à défaut de voile, empruntaient tant de pudeur à la sainteté de la souffrance, que pour ce jeune homme, dans le cœur duquel l'amour, en s'épurant, avait pris le caractère d'un culte, elles avaient la chasteté de ces créations célestes qui, dans leur nudité même, résument ce que, dans son essence, renferme de plus candide et de plus pur la virginité.

Frédéric, dominant cette impression première, se hâta d'offrir à Giulia les secours que réclamait son état.

Un flacon d'eau de senteur était sur sa cheminée, il lui en baigna les tempes et les lèvres; l'action aromatique de l'essence, ou l'impression de froid qu'elle produisit en s'évaporant, rappelèrent dans ses yeux ternes quelques lueurs de vie.

Une agitation nerveuse commença à la saisir. Par un mouvement dont sa raison semblait pourtant n'avoir aucune concience, elle se dressa sur son séant, passa ses deux mains sur son visage comme pour en écarter un voile, puis les appuyant en arrière afin de s'en faire un appui, elle tint ses yeux hagards fixés sur le jeune homme.

Frédéric sentit un frisson secouer tous ses membres. Il y avait quelque chose de si morne dans les regards de plomb attachés sur lui, il y avait tant d'inertie dans cette physionomie effarée, où la vie se reflétait sans intelligence, qu'une pensée de folie vint glacer son âme.

Il crut, en se rapprochant de cette femme souffrante, pouvoir la calmer par des caresses ; mais elle, les yeux toujours rivés sur lui, se reculait tremblante, comme si elle eût redouté son contact.

— Giulia ! mon amie !

Il voulut lui donner un baiser ; elle poussa un cri faible, mais poignant, comme celui d'un bouvreuil que l'on étouffe, et retomba sans mouvement sur l'oreiller.

Il pâlit : ce ne fut plus de l'émotion ni de la douleur qui se peignirent sur ses traits, ce fut de la terreur, de l'épouvante.

Que la mort vous ravisse une femme aimée, c'est un brisement de cœur bien terrible ; mais telle est l'âme humaine, que, comme la tombe dans laquelle est déposé le cadavre, sa surface nue et froide finit, avec le temps, par se revêtir de verdure et de fleurs.

Mais que la mort respecte le corps en frappant l'intelligence ; que l'animation brutale survive dans le corps glacé et dans le cerveau inerte, que peut éprouver celui qui avait entouré cette femme de tous les sentiments les plus divins, devant cet être tombé dans la nature au-dessous de la brute, dont il n'a plus les instincts, au-dessous de la fleur, dont il n'a pas les parfums ?

Il voulait se soustraire à cette effrayante pensée.

XXXI

HEURES D'OUBLI

Si elle allait mourir !
Alfred Tennyson

L'état de Giulia était devenu plus effrayant.

Des crispations spasmodiques agitaient tous ses membres ; des crampes tourmentaient ses jambes de tensions douloureuses ; ses bras se tordaient dans ses longs cheveux dénoués ; sa respiration stridente et oppressée, le grincement de ses dents, ses yeux renversés, la congestion du sang à son visage, tout annonçait une crise dernière, mais sous laquelle elle pouvait succomber, la pauvre enfant !

Frédéric, penché sur elle, voyant les secours qu'il lui offrait sans puissance, le cœur brisé de désespoir, lui prodiguait tous les doux mots que lui inspirait son amour ; mais la douleur semblait croître sans cesse.

Que faire ?

Appeler quelqu'un, c'était la déshonorer, sacrifier son amour, rendre leur fuite impossible, briser leur avenir.

Et si, faute de secours, elle expirait... dans sa chambre... dans ses bras !

Toutes ses réflexions luttaient dans sa tête et dans son cœur, qu'elles tourmentaient à les fendre.

— Pauvre femme ! — qu'elle doit souffrir ! — O mon Dieu ! finissez ses douleurs, et prenez la moitié de ma vie ! — Comme son sang bouillonne ! Et moi seul ici, ni médecin, ni personne !... Voilà la crise qui redouble !... Ah !... c'est à devenir fou ! Giulia ! Giulia !

Le malheureux, la figure cachée dans ses mains, sanglotait ainsi près d'elle.

Ne pouvant résister au spectacle de ces douleurs, il allait appeler du secours, lorsque les souffrances de Giulia semblèrent enfin se calmer.

D'abondantes larmes ruisselèrent sans effort de ses yeux ; sa poitrine se désoppressa, sa respiration devint plus calme, ses membres perdirent leur raideur, comme si les nerfs se fussent rompus.

Et Frédéric redoubla de soins et de douces paroles.

Enfin elle reprit connaissance, mais insensiblement, par nuances lentes, graduées, presque insaisissables.

Ce fut sa tête qui d'abord s'agita avec une plainte légère, son corps ensuite, mais par de doux mouvements, comme s'il eût involontairement cherché plus d'aise.

Puis, ses yeux s'entr'ouvrirent, se refermèrent, et se rouvrirent après ; ses mains passèrent de nouveau blanches sur son front blanc, moins sans doute pour écarter quelques mèches égarées de ses cheveux, que pour éloigner quelque image importune.

Elle se souleva ; ses regards incertains se promenèrent autour d'elle, et ensuite, s'élevant au ciel, restèrent fixes comme si sa pensée se fût reployée en elle-même pour y renouer les fils rompus de ses souvenirs.

— Où suis-je donc ? Il s'est passé quelque chose de bien horrible !...

Ses yeux, ayant rencontré ceux de Frédéric, qui, tout inquiet, la contemplait avec douleur, rayonnèrent de sentiment et de joie. Ses prunelles se dilatèrent et semblèrent reluire ; un demi-sourire entr'ouvrit et fronça ses lèvres ; quelques mots inarticulés annoncèrent que la mémoire revenait enfin à son âme.

— C'est vous !... vous, Frédéric !

Sa voix était palpitante, et, les bras jetés au col de son amant, elle le couvrit de baisers.

— O mon Dieu, que s'est-il donc passé...? Je l'ignore.... mais je le retrouve ; c'est lui !.... c'est bien lui ! C'est assez. Oui, mon Frédéric, parle-moi, dis-moi que c'est bien toi que j'embrasse....

— Mon bon ange !

— O Frédéric ! que j'ai souffert ! quels spectres ont traversé ma tête ! Tiens ! sens mon cœur ! Mais toi, que j'avais cru perdu, tu m'es rendu, qu'importe le reste ? tout est oublié ; je suis heureuse !

— Mon amie, de combien de félicité tu paies mes angoisses ! C'était donc de ce moment terrible que devait sortir mon bonheur ? Oh ! redis-moi que tu m'aimes, redis-le-moi cent fois, redis-le-moi toujours !

— Oui, je t'aime ! Qu'il me fallait souffrir pour refouler cet amour dans mon cœur, qu'à ta voix je sentais battre et brûler, Frédéric !

Et la pauvre femme, toute délirante, tout éperdue, le baisait, se tourmentait, le regardait, puis le touchait encore ; car il n'y avait rien de bien positif dans ses souvenirs : ce qui dominait intimement ses impressions, c'est qu'un grand malheur avait plané sur elle ; ce malheur, c'était la perte de son Frédéric.

Cet amour qui, à son insu d'abord, s'était amassé goutte à goutte dans son cœur ; cet amour qu'elle avait voulu combattre par tout ce qu'offre de sacré le devoir, étouffer sous toutes les convictions dont l'éducation avait faussé sa conscience, il venait de triompher dans un moment d'exaltation.

Elle se l'était nié longtemps, longtemps elle l'avait paré d'un autre nom, alors qu'elle ne pouvait plus le méconnaître ; brûlée de son feu, elle avait voulu le comprimer et l'étouffer dans son cœur ; elle avait mis là toute sa force. Un moment de délire venait de vaincre sa volonté ; il débordait de ce cœur trop étroit pour lui ; il en dominait toutes les facultés.

Cette femme, qui, un instant auparavant, repoussait encore toute expression de tendresse ; pour qui l'amour, dans lequel deux âmes ne s'unissent que par les nœuds chastes de leurs affections, était même un crime ; qui rougissait d'un serrement de main, se voilait de pudeur sous un regard, osait à peine poser un baiser de sœur à la joue de celui qui lui donnait sa vie, la voilà maintenant échevelée, haletante, qui prodigue à cet amant tout ce que de caresses peuvent inventer ses instincts passionnels.

XXXII

ROSES ET CYPRÈS

Mon cœur prête l'oreille à votre parole et la trouve douce comme la rosée.
Imitation de Jésus-Christ.

Quand la tendresse, envahissant le cœur d'une femme, ne reconnaissant plus d'autre obstacle que le préjugé, n'a plus que cette digue pour la contenir ; quand il n'y a plus que la raison pour glacer et diriger le sentiment, que la tête pour dominer le cœur, leur force est bien fragile dans cette lutte continue qui les épuise et les use.

C'est un torrent qui se grossit contre une digue ; qu'elle vienne à faiblir dans un endroit seul, il la brise, il l'emporte et s'épand avec d'autant plus de violence, que la résistance lui a donné toutes les forces de l'amoncellement de ses eaux.

Cela était arrivé pour Giulia.

Voyez-la donc les yeux étincelants et la figure enflammée.

Sa robe, désagrafée, a glissé sur ses bras ; ses larges et belles épaules sont nues ; son sein, ébranlé par les battements de son cœur, eût rejeté les dentelles et les gazes si elles n'eussent été déjà brisées. Elle ne songe pas même, pudique femme, à les voiler de ses longs cheveux ; mais cet oubli, cette ignorance lui donnent un nouveau charme d'innocence et de vertu.

La pudeur est dans le sentiment, et non dans un voile ; il est des robes à guimpes qui font rougir, et des nudités de jeunes filles qui s'entourent comme d'un rayonnement de pureté.

Si je voulais faire ici le procès de notre société décrépite, je dirais qu'elle a révolutionné le dictionnaire ; qu'elle a bouleversé, par leur acception, le sens de tous les mots : je prouverais que l'on doit nommer impudicité et prostitution ce qu'elle appelle ingénuité et sagesse, comme j'établirai plus tard que l'on doit entendre barbarie et iniquité lorsqu'elle dit civilisation et justice.

Qu'une femme, aux heures de tendresse et d'abandon, calcule encore les plis de son fichu et les bienséances de son corsage, c'est là qu'est l'impudicité....; et si ce n'est celle de la femme, c'est du moins celle de nos mœurs. Pourquoi rougiriez-vous, madame, d'une gorge qui se trahit, ou d'une épaule qui se révèle, si vous n'y attachiez d'impures idées? Vous en rougissez! c'est que l'éducation ou l'expérience vous ont gâté le cœur.

Tant que Giulia avait espéré résister à l'amour qu'elle ressentait pour Frédéric, la prudence la plus sévère lui avait tracé le cercle dans lequel devaient se resserrer ses paroles et ses actes ; timide, prévoyante et retenue, elle n'en avait que rarement approché les limites, de crainte de s'exposer à les franchir.

Maintenant, qui pourrait la retenir? Ne s'est-elle pas donnée à Frédéric? N'est-elle pas à lui, toute à lui, âme, corps, tout entière?

Et puis, malgré les efforts qu'elle a faits si longtemps pour s'abuser elle-même, bien qu'elle vienne de se l'avouer franchement pour la première fois en le lui avouant à lui-même, elle sent que sa tendresse n'est point la passion d'un moment.

Dès le premier jour qu'elle avait vu ce jeune artiste, dès ce jour elle l'avait aimé.

C'est lui que, jeune fille, elle rêvait instinctivement, alors que l'amour n'existait encore pour elle que dans de mystérieuses et vagues hallucinations et dans des désirs plus vagues encore.

Cet amour ne pouvait donc ni l'effrayer, ni l'étonner, il l'enivrait seulement ; c'était l'ineffable rêve de toute sa vie qui se réalisait enfin en pure félicité.

L'exaltation de Giulia s'effaça insensiblement dans une douce langueur. Plus calme, et pourtant aussi heureuse, elle rougit en réparant le désordre de sa toilette ; mais l'expression dont l'incarnat du sang enflamma ses traits, disparut aussitôt dans un sourire ; puis, émue, affaiblie, elle se laissa aller dans les bras de Frédéric, qui, passés autour de sa taille, la soutenaient, tandis que ses yeux, humides de larmes, se tenaient attachés avec une joie indicible sur elle.

Après quelques instants d'un silence tout rempli d'émotions, une conversation à voix basse, par mots isolés, mêlée de soupirs, se noua entre les deux amants ; des paroles d'amour d'abord, point de protestations, ils s'aimaient trop pour s'en faire, puis des projets de bonheur! et tout souriait à Giulia alors.

—Oui, disait-elle, oui, Frédéric, il n'existe plus pour nous de liens que ceux qui nous unissent : fuyons ce Paris, fuyons. Où? Que nous importe le pays? quel qu'il soit, je le bénirai : ma patrie, à moi, ce sera partout où je pourrai vous dire combien je vous aime.

— Et nous choisirons, Giulia, les pays où la nature est belle, où les hommes sont bons, n'est-ce pas? pour pouvoir l'admirer et les aimer.

— Nous parcourrons, comme vous le disiez, les Alpes, l'Italie, l'Espagne, celle de ces contrées que vous voudrez.

— Toutes, mon amie ; tous les pays qui nous offriront des rayons, des fleurs et des populations libres, des populations du moins prêtes à le devenir ; car l'aspect du vice flétrit l'âme ; la vertu, au contraire, l'élève et l'épure : la liberté et la vertu sont sœurs, Giulia ; elles sont comme les *inséparables* : si l'une s'en va, — vertu ou liberté, — l'autre meurt.

— Frédéric, parlez! vous me rendez bien heureuse ; je pleure rien qu'à vous entendre. Oh! je ne vous aimerai jamais comme vous le méritez.

— Bonne amie !...

Ses lèvres pressèrent celles de Giulia.

Puis ils se regardèrent tous les deux pendant quelques moments avec un languissant sourire.

—Les contrées que nous parcourrons, Giulia, reprit Frédéric, vous rappelleront de doux souvenirs ; ce sera un ciel chaud, un sol poétique, comme le ciel et le sol de votre Corse.

Giulia l'ayant regardé, baissa les yeux et lui répondit d'une voix douce et naïve :

—Si je n'ai besoin que de vous, mon cher amour, pour être heureuse, une nature jeune, fraîche, ardente, harmonieuse, est le plus beau cadre où puisse se placer le bonheur !

Relevant alors ses regards, elle ajouta :

—Je ne ressemblerai pas, comme vous le disiez, Frédéric, à la liane desséchée que le jeune palmier orne de sa verdure ; je serai la grenadille qui le pare de ses éternelles floraisons.

Frédéric l'écoutait avec une émotion si vive, qu'il ne trouvait pour lui répondre que des baisers et des soupirs.

Ses lèvres s'agitaient cependant pour prononcer quelques paroles, lorsqu'un léger bruit suspendit leur conversation. Vague d'abord, ce bruit devint bientôt assez distinct pour que l'on pût reconnaître celui d'une voiture qui roulait alors dans la rue.

Ils écoutèrent.

XXXIII

L'HEURE FATALE

Partons! je suis à toi.
Shakespeare.

Le trop précipité des chevaux s'arrêta devant la porte de l'hôtel.

— Le voilà qui commence! Giulia! un pas, et nous touchons à cet avenir. Cette voiture, c'est la chaise de poste qui doit nous emporter loin de ces lieux.

Ils se levèrent.

Giulia, après avoir attaché quelques épingles et rarrangé un peu ses cheveux, jeta un dernier regard dans la glace, plaça son chapeau sur sa tête, et s'enveloppa dans son cachemire.

XXXIV

LUI

Malédiction! nous sommes perdus!
Jules Lecomte.

Lorsque Giulia prit le bras de Frédéric pour sortir, elle éprouva un saisissement dont ne put triompher son âme, toute dominée qu'elle était par ses affections nouvelles.

C'était le dernier cri que jetaient dans son cœur ses souvenirs d'enfance, les croyances, les traditions de toute sa vie.

Le pas qu'elle allait faire était le premier qui l'éloignât de l'homme aux sollicitudes duquel une mère avait livré son avenir ; entre les mains duquel, heureuse et confiante, elle avait fait elle-même abnégation de son cœur, de son âme, de sa liberté, elle avait, sans restriction, abdiqué sa volonté.

La loi, par la bouche d'un magistrat, lui avait dit : « Au nom de la société, je vous unis. » La religion lui avait répété, par la voix d'un prêtre : « Nulle volonté ne peut se parer, sur la terre, ce que j'unit le ciel. » Et ces liens, auxquels sa voix avait appelé la consécration de Dieu et des hommes, ce premier pas allait à jamais les briser.

Tout cela retentit dans un cri vague, il est vrai, mais tout cela retentit pourtant alors dans son âme, et une grande tristesse la saisit.

Elle s'efforça presque aussitôt de secouer cette sombre préoccupation. Suspendue, les mains jointes, au bras de

Frédéric, qui lui servait d'appui, elle leva les yeux sur le visage de son amant pour noyer ces idées dans un sentiment de bonheur.

Un bruit de pas s'était fait entendre dans l'escalier, et la figure de Frédéric était devenue inquiète et sévère.

Ce n'était point Jacques qui montait.

Jacques était un vieux serviteur de son père ; Jacques avait soixante-trois ans ; sa marche était lourde, celle que l'on entendait était bruyante ; sa marche était lente, celle que l'on entendait était rapide : ce n'était pas Jacques.

Qui était ce donc ?

Giulia devina la pensée de Frédéric, et la pâleur du jeune homme s'étendit aussitôt sur ses traits.

Ils écoutèrent tous deux.

Les pas bruissaient déjà dans le corridor ; quand ils approchèrent de la porte de leur chambre ; les deux amants retinrent leur haleine ; ils passèrent, mais s'arrêtèrent bientôt à celle de l'appartement de Giulia.

Une sonnette retentit avec violence.

Giulia ne prononça pas un mot, ne laissa pas échapper un soupir ; ses genoux fléchirent, et, pâle comme la mort, elle glissa sur un fauteuil.

Une voix brève et forte fit retentir son nom.

« Giulia ! Giulia ! »

C'était Pietro.

Avant qu'elle eût eu le temps de répondre si elle eût été endormie, la porte avait volé en éclats. L'appartement était sans lumière.

« Giulia ! »

Ce nom fut cette fois prononcé avec rage.

Point de réponse.

Pietro courut au lit ; — dans le lit, personne ! dans la chambre voisine, personne ! il ne balança point, il se dirigea tout de suite vers la chambre de Frédéric.

Pan ! pan !

Frédéric, incertain et troublé, regarda son amie comme pour lui demander un conseil. S'il n'eût fallu que mourir pour ne pas la compromettre ! Mais il ne voyait aucun moyen de sauver son honneur. Mourante, elle joignit ses mains, et elle éleva avec résignation ses yeux au ciel.

On frappa avec plus de violence.

Il n'y avait pas deux partis à prendre ; Frédéric se dirigea vers la porte, tourna la clef et ouvrit.

« Ma femme ! »

Quand Frédéric n'eût point aperçu cette figure décomposée, que la colère violaçait de taches livides, le ton avec lequel ces deux mots furent prononcés ne lui eût point permis de croire que Pietro ignorât leur amour et leur fuite ; il s'efforça de donner de la force à sa voix.

— Monsieur, pour l'explication que je vous dois, vous avez besoin de calme.

Et il ferma la porte derrière lui.

— Des explications !... misérable ! Sais-tu combien de force il me faut pour ne pas t'écraser sous mes pieds ?... Ma femme !...

— Au nom de votre honneur !...

Pietro se contint à peine.

— Où est-elle ?

Les bras tendus en arrière et la tête avancée, il lui prononça ces mots presque au visage.

Frédéric lui indiqua, de la main, le fauteuil sur lequel Giulia était tombée.

— Mais, monsieur...

Pietro ne l'écoutait plus. Les bras croisés, la tête en mouvement, il avait fixé sur elle ses yeux ardents ; et dans cette position, il y avait tant de haine et de fureur dans ses traits tirés, dans son regard fauve, dont, malgré leur froncement, ses épais sourcils ne pouvaient voiler les rayons lucides ; dans sa poitrine haletante, dans sa bouche, dont les lèvres, démesurément ouvertes par un sourire de rage, laissaient entrevoir ses dents grinçantes, que nul homme n'eût pu le contempler sans se sentir un frisson dans les chairs.

— Que faites-vous ici..., à cette heure ?

Giulia, pâle et comme fascinée, se laissa glisser à genoux en tenant toujours ses yeux attachés à cette figure menaçante.

— Grâce ! dit-elle.

Ce mot, prononcé à voix basse, vint expirer sur ses lèvres.

Pietro la regarda avec indignation, et, lui montrant du doigt la porte :

— Sortez d'ici !

— Monsieur, reprit Frédéric, un mot !...

— Qu'oserez-vous donc me dire que je puisse entendre ? car je crois que vous ne pousserez pas l'imprudence jusqu'à me nier ici mon déshonneur ?

— Je comprends, monsieur, repartit Frédéric avec le calme du sang-froid, je comprends combien mes assertions sont faibles devant les faits dont vous ne pouvez maintenant entendre, ni comprendre l'explication ; mais si le serment d'un homme qui ne vous a jamais donné le droit de soupçonner sa sincérité vous offre quelques garanties, je vous jure que madame n'est point coupable.

— C'est cela, reprit Pietro avec mépris et colère. Il faut avouer que l'un de nous deux est bien stupide, si vous pensez me convaincre avec de telles paroles !

Monsieur, poursuivit-il avec énergie, c'est infâme ! mais je conçois que l'on déshonore un homme ; ce qui m'échappe, c'est que l'on joigne à cette infâmie assez d'imprudence pour lui cracher au visage et lui dire après : Excusez! Trêve de ces bassesses ! Vous ne pensez pas sans doute, après ce qui s'est passé, qu'il suffise d'une dénégation pour qu'entre nous tout soit dit ?

— Falcom! répéta Giulia encore à genoux.

Pietro se retourna vers elle.

— Vous n'êtes point sortie, madame !

Elle se leva et baissa les yeux. Lui, la saisissant par le bras, la traîna plutôt qu'il ne la conduisit dans une chambre voisine ; il en ferma la porte, et revint aussitôt.

———

XXXV

CE QUI DEVAIT ARRIVER

> Du sang ! du sang ! du sang !
> *Alfred de Vigny.*

— Monsieur, dit-il en rentrant, vous devez bien penser que cette affaire ne doit point se terminer ainsi entre nous. Son exaltation semblait s'être soudainement calmée. Un désespoir sombre, une résignation inflexible et fatale régnait dans sa physionomie comme dans ses paroles.

— Vous avez joué un jeu qui doit coûter à l'un de nous deux la vie. En le souillant, vous avez détruit la mienne ; votre sang seul peut laver cette honte. Le vôtre, donc, ou le mien ! A Dieu de décider lequel de nous deux doit vivre.

Frédéric se mit à sa discrétion de l'air passif d'un homme dont les événements ont placé la conduite en dehors de sa volonté.

— J'eusse bien pu me venger tout de suite, continua Pietro après un court silence ; je pouvais vous poignarder tout-à-l'heure ; je connais vos lois, je ne l'ai point fait ; et ne m'en sachez point de gré ; si j'ai rejeté cette pensée, ce n'a point été pour vous, mais pour moi. Il eût fallu donner aux événements de cette nuit le retentissement des tribunaux ; il eût fallu afficher ma honte, je ne l'ai point voulu. Un duel n'a pas les mêmes inconvénients. Je vous demande raison de votre conduite.

— Monsieur, je vous rendrai à tout ce que vous voudrez ; mais, je dois, auparavant...

— C'est inutile, interrompit vivement Pietro, je ne puis rien entendre.

— Enfin, monsieur...

— Point d'explications ! vous dis-je.

— Il le faut, pourtant.

— Taisez-vous !

— Vous croirez ce que vous voudrez, dit Frédéric avec un sang-froid égal à l'emportement du lieutenant ; mais, je dois à la vérité de vous affirmer ici que madame est innocente, que votre honneur est sans tache.

— Vous êtes un lâche ! s'écria l'officier dans toute l'exaspération de la fureur. Je vois où vous voulez en venir : ce serait par trop fort de refuser un combat à celui dont on a troublé et souillé la vie. Vous jouez d'adresse, vous voulez me faire tomber les armes des mains ; mais c'est en vain, vous vous battrez ! S'il faut vous y forcer par des outrages, on vous y forcera, car il me faut votre sang, voyez-vous ! tout votre sang, et je l'aurai.

Frédéric n'était point accoutumé à entendre un pareil langage. Son visage devint pâle, et son corps tremblant ;

il fallut le reste de retenue que lui inspirait encore la position malheureuse où la fatalité avait jeté cet homme, pour calmer la violence qu'il sentit remuer dans sa poitrine.

— Monsieur, c'est trop!... J'avais à remplir un devoir ; ce devoir, j'y ai satisfait ; peu m'importent vos imprécations! J'ai dû respecter un emportement que je n'avais point excité, mais que les circonstances me faisaient comprendre. Cette colère me rend toute ma liberté, rien ne peut justifier vos injures ; et quand ce ne serait plus vous qui me demanderiez raison, ce serait moi qui l'exigerais.

— C'est bien, donc : et quand ?
— Quand vous voudrez.
— Dès qu'il fera jour. Vos armes ?...
— Vous vous êtes trouvé le premier insulté, à vous le choix.
— Je suis militaire : si je prenais l'épée, vous vous imagineriez peut-être que je veux vous assassiner ; nous prendrons le pistolet.
— Le pistolet, soit. Le lieu ?...
— Le plus voisin.
— Dans la plaine de Mont-Rouge.
— C'est bien !

Il sortit.

Frédéric ferma la porte.

Toutes les horloges répétaient en ce moment, dans Paris endormi, les douze coups que venait de frapper la sonnerie de l'église Saint-Paul.

XXXVI

ESCLANDRE

Les bruits du foyer domestique ont presque toujours des échos extérieurs.
Julien Chevalier-Malibert.

Quelle que fût la prudence que Falcom eût résolu de mettre dans les explications dont son retour devait nécessairement être suivi, lui qui voulait avant tout murer le secret de son outrage dans l'intérieur de sa maison, il était si peu préparé au coup terrible dont l'absence de Giulia brisa son âme, que la fougue de ses transports n'eut pas même à lutter contre sa volonté.

Son étonnement avait été si profond en présence de ce lit vide, de ces appartements déserts, que toutes ses prévisions les plus sombres se trouvant dépassées et détruites par ce malheur, il était tombé sans résolution au milieu de faits dont la brusquerie avait confondu toutes ses pensées dans l'exaltation des passions les plus violentes.

Pietro avait bien redouté que cette femme, tête pleine de rêveries, cœur plein de mystères, n'eût laissé dominer ses affections par le vague sentimentalisme et la phraséologie romanesque de ces jeunes fous, qu'il n'avait jamais rencontrés sans crainte dans les salons dont Giulia avait suivi les fêtes ; et cette pensée, la plus grave de celles qu'avaient soulevées ses soupçons, avait allumé tout son sang, éveillé toute sa jalousie.

Qu'était-elle pourtant cette pensée, auprès de l'affront que lui jetait au visage son appartement abandonné ?

Giulia, que quelques heures auparavant il avait laissée triste, souffrante, sans projets, en ce moment absente... à minuit! Où donc était-elle ?... Où ?...

Devant cette idée qui, comme un éclair, traversa sa tête, tous ses projets de discrétion s'effacèrent ; cet hôtel, qu'un mot pouvait rendre la honte, la publicité, le scandale, le ridicule, tout fut oublié, tous ses projets s'évanouirent dans le vertige dont le frappa cette affreuse révélation.

Et, d'ailleurs, lors même qu'il fût resté froidement maître de toute sa volonté, les circonstances lui eussent-elles permis d'étouffer dans le secret ces événements ? Le voile ne s'en fût-il pas déchiré de lui-même ?

L'alarme, où le coup de pistolet avait jeté tous les habitants de la maison, avait laissé trop d'anxiété dans les esprits ; il ne s'était point écoulé assez de temps depuis cet accident, pour que l'arrivée de Falcom ne troublât point le sommeil où semblait retombé l'hôtel.

Aussi, le bruit de la sonnette et le nom de Giulia eurent-ils à peine retenti, qu'une oreille attentive eût pu entendre un léger frôlement de pas dans tous les appartements, que la voix de Pietro sembla animer comme un appel magique.

Le passant, s'il s'en fût trouvé à cette heure dans cette rue écartée, n'eût pu voir sans étonnement toutes les fenêtres de cette maison s'éclairer à la fois.

Le caractère violent de cette scène, dont tous les locataires devinèrent aussitôt le motif, tint cependant toutes les portes discrètement fermées.

Mais, lorsque l'ajournement qui termina les explications que Frédéric voulut donner à Pietro eut séparé l'amant et l'époux, quelques bruits de verroux lentement tirés, ou de clefs tournées avec précaution, puis le murmure de phrases échangées à voix basse, annoncèrent que si les portes étaient restées closes, les oreilles n'en avaient point été moins attentivement ouvertes.

Ces bruissements furent aussi courts que vagues ; la curiosité, peut-être même la malveillance satisfaites, toutes les lumières s'éteignirent comme si un seul souffle eût passé sur elles.

XXXVII

APRÈS MINUIT

Souvent, quand je traverse, durant la nuit, les rues silencieuses de Paris, je me demande quels spectacles éclairent ces lumières que je vois veiller à quelques fenêtres isolées.
Victor Herbin.

Il est un moment de la nuit où, comme la nature, Paris, au milieu du calme et du silence, semble reprendre une nouvelle vie.

C'est l'heure où les campagnes redressant leurs fleurs, où les cieux ceignant leur couronne d'étoiles, échangent avec amour leurs parfums et leurs rayons.

C'est l'heure où l'orgie est dans sa fougue, la mousse du vin de Champagne sur la lèvre, le feu du vin de Champagne dans les yeux ; l'heure où, sous le heurtoir, retentit seule la porte des mauvais lieux.

C'est l'heure où mille vagues murmures unissent en arpèges mélodieux leurs notes si mollement diverses : le souffle de la brise dans les branches, le bruit de la rosée sur les feuilles, le phalène au milieu des fleurs, le grillon dans les hautes herbes, le rossignol dans les grands arbres.

C'est l'heure où, devant les tables de jeu, les visages sont pâles, et les poitrines sanglantes, où la Seine reçoit des corps vivants.

C'est l'heure où, comme l'autel d'or à l'instant du sacrifice, la terre exhale ses odeurs les plus suaves vers le ciel.

C'est l'heure où la vitre crie sous le diamant, la serrure sous le crochet, la victime sous le poignard ; l'heure où la Seine reçoit des cadavres.

Car si, à cette heure, tout ce qui veille au ciel et dans les campagnes, accomplissant sa loi naturelle, n'offre qu'harmonie et sérénité, ce qui veille dans notre Babylone, à ces moments où le sommeil est descendu sur les hommes, ne peut présenter qu'infraction et anomalie. C'est en effet le crime, le vice ou la souffrance ; à peine si l'étude qui se brûle le sang, le travail qui se brûle les yeux, jettent quelques exceptions dans ce désordre.

Or, c'était la douleur qui veillait dans trois chambres qui restèrent éclairées lorsque le reste de notre hôtel fut retombé dans l'ombre et dans le silence ; c'était elle qui devait y veiller jusqu'au jour.

Frédéric debout le coude appuyé sur un des angles de sa cheminée, les regards immobiles, songeait moins à ce bonheur auquel l'arrachait la fatalité pour le placer sous la balle d'un pistolet, qu'à l'avenir où ses imprudents conseils précipitaient une femme si profondément aimée, qu'il n'eût pensé lui faire aucun sacrifice en donnant sa vie pour elle.

Car, à l'égard de ce qui touchait sa rencontre avec Pietro, sa résolution était bien invariablement arrêtée ; tout en déplorant le préjugé qui voulait une catastrophe pour dénoûment à cette intrigue, il concevait que c'était lui seulement que devait frapper cette conséquence barbare ; il se fût cru coupable d'un assassinat s'il eût versé le sang de ce malheureux, à qui la voix de la société criait : Venge-toi, ou sois flétri ! lui qui l'avait placé dans cette alternative fatale.

Giulia, seule dans sa chambre à coucher, la figure appuyée sur son lit, était tombée dans une espèce de spasme, dont les étouffements comprimaient et laissaient éclater tour à tour ses sanglots.

Pietro, lui, les traits horriblement bouleversés, les yeux étincelants sous leurs sourcils froncés, marchait dans une pièce voisine comme une bête féroce qui rôde dans sa cage.

Sa respiration, où bruissait une sorte de râle, annonçait, autant que l'action convulsive de ses mouvements, l'inquiétude et la rage qui déchiraient son cœur.

Une pensée s'était produite subitement à lui dans ses désirs de vengeance.

La voici :

Le lendemain allait bien le placer en face de son ennemi ; mais c'était pour un combat.

Dans ses prétendus jugements de Dieu, l'arrêt est-il toujours infaillible ? Le triomphe est-il toujours en part au bon droit ? Qui dit combat, n'implique-t-il pas la possibilité de revers ou de victoire ?

Or, s'il arrivait que ce fût sa poitrine que frappât la balle, sa mort ne rapprochait-elle pas ceux qu'il voudrait anéantir ? Son sang ne servirait-il pas lui-même de ciment à leur union ?

Oh ! comme il regrettait alors, dût le monde entier déverser sur lui le ridicule et l'infamie, comme il regrettait d'avoir confié sa vengeance au tir incertain d'un pistolet ; d'avoir préféré le duel à l'assassinat, lorsque la loi elle-même lui mettait aux mains le poignard !

Giuseppe entra durant cette fiévreuse rêverie.

— Il est bientôt deux heures, lieutenant, dit le soldat en portant militairement les doigts à son bonnet.

— Va dire à Joch, reprit Pietro après un moment de réflexion, que j'ai besoin de lui demain au point du jour : j'irai le prendre.

— Faudra-t-il rentrer après ?

— Je n'ai pas besoin de toi avant six heures.

Giuseppe salua et sortit.

XXXVIII

ÉPUISEMENT

Le frisson succéda aux étouffements brûlants de la fièvre, mes artères restèrent sans pulsations, et mon cœur lui-même s'arrêta comme fatigué de souffrir.

Mlle *Julie de Kernouville.*

Il était cinq heures du matin ; — cinq heures ou cinq heures et demie.

Une teinte d'opale, aube incertaine qui précède le crépuscule lui-même, commençait alors à dégrader au pied de l'horizon oriental, l'ombre mate et foncée du ciel ; mais cette lueur faible et douteuse n'avait encore pu dégoutter du haut des toits jusque dans l'obscurité des rues.

Pour Paris, la nuit était encore complète, tout était silencieux, même dans le quartier laborieux et matinal du Marais.

La pluie et le vent avaient tombé ; la pluie et le vent n'en troublaient donc même plus le calme. Sans le son aigre et strident des crécelles qui annonçaient par moments le réveil d'un pensionnat et d'un couvent, l'on n'eût entendu aucun autre bruit que le retentissement sur le pavé des sabots de quelques pauvres ouvriers, qui regagnaient leurs travaux avant le jour.

Car c'est ainsi que notre société, bonne mère, répartit à ses enfants le loisir et la peine : les uns allanguissent et énervent, dans les torpeurs d'un repos excessif, les facultés morales et physiques qu'un travail sans fin appauvrit et brise dans les autres. Admirable compensation qui, comme vous le savez, par les excès opposés, rétablit merveilleusement l'équilibre !

Pardon !

Ce fut vers cette heure que Pietro Falcom se leva de son secrétaire, après avoir cacheté quelques papiers.

Sa figure était pâle, ses yeux éteints, ses traits lassés ; tout en lui, par l'affaissement du corps, annonçait l'abattement de l'âme.

A cette crise orageuse, où durant la nuit entière, la lutte des passions avait épuisé son énergie, avait enfin succédé le marasme de la fatigue. La fièvre qui l'avait soutenu longtemps, était tombée ; tous ses sentiments s'étaient effacés et confondus dans une muette douleur et une vague impatience de vengeance.

Les bras croisés derrière le dos, la tête inclinée sur la poitrine, il se promenait, sombre ou rêveur, dans sa chambre de telle sorte que l'on eût dit sa pensée assoupie, comme le semblaient alors ses yeux.

Cette tranquillité n'était qu'apparente. Le calme s'était rétabli à la surface, il ne régnait pas au fond. Une douleur bien vive et bien profonde brûlait dans ce cœur où chaque sentiment, chaque passion devenaient un aliment de souffrance.

Outre ses susceptibilités d'honneur et les fureurs jalouses d'un sang corse, Pietro sentait, à l'amertume qui le rongeait, qu'il aimait sincèrement Giulia.

En la voyant pâle, languissante, le corps endolori, l'âme abattue, froide sous ses passions, elle si ardente dans ses imaginations et dans ses rêves, il s'était bien demandé quelquefois comment s'était dissipée toute cette verve de sentiment qui, dans les premiers temps de leur union, débordait intarissable de ce cœur vierge et de cette jeune tête ; comment cette vie puissante s'était si vite étiolée ; comment s'était si vite effeuillée cette naïve gaité ; mais devant ce changement mystérieux, son intelligence restait sans réponse.

D'aucunes fois, pourtant, en parcourant les quelques livres de choix où Giulia trouvait seule de douces heures dans sa vie si morne : Byron, le rêveur sublime ; Senancour, alors peu connu des Français même ; Goëthe, Châteaubriand, Hugo, Lamartine ou Sainte-Beuve, grands hommes, poètes par le cœur ; et parmi toutes ces poésies de l'âme humaine, le livre de morale chrétienne qui ne porte aucun nom d'homme, poésie anonyme, poésie du ciel, l'Imitation de Jésus-Christ, il y avait trouvé une nature de sentiment si étrangère à ses impressions, et dont il n'avait pu s'empêcher de reconnaître en celles de Giulia les reflets, qu'il s'était surpris à s'avouer, tantôt dans une boutade d'aigreur contre ce qu'il appelait le *romantisme*, que ces exagérations et ces rêveries avaient corrompu l'esprit de sa femme.

Tantôt dans ses moments de réflexion calme, que son cœur, à lui, n'avait peut-être point été fait pour celui de Giulia ; qu'il y avait entre leurs deux caractères une distance trop étendue pour qu'il pût jamais la franchir ; qu'il eût sans doute vécu plus heureux près d'une autre femme ; que Giulia eût pu trouver plus de bonheur auprès d'un autre époux.

Mais loin d'arrêter son esprit sur ces pensées, il se hâtait toujours de les secouer, de les nier et de se reporter avec plus d'amour vers celle qu'il s'était choisie pour épouse.

Malgré les soupçons que plusieurs circonstances avaient fait naître dans son cœur, il avait cependant toujours cru à la fidélité de Giulia.

S'il avait douté quelquefois de son amour, il n'avait jamais douté de sa vertu ; aussi les évènements de la nuit avaient-ils jeté si profondément la douleur dans son âme, qu'il n'avait plus de puissance pour la sentir.

Cette vengeance, que quelques heures auparavant il eût achetée de dix vies, s'il eût dû mourir dix fois, il ne l'attendait plus que comme une distraction à ce qu'il souffrait, et une espérance de s'y soustraire : c'était l'indéfinissable impatience d'un homme qui veut effacer un présent qui le navre sous une émotion nouvelle ; qui veut enfin sortir d'une intrigue qui l'enlace et l'ulcère, fût-ce par une catastrophe, et dût-il en être la victime.

XXXIX

UN ÉCLAIR

Je crains les Grecs...
Virgilius Maro.

Il se promenait ainsi depuis une demi-heure, lorsque son domestique ouvrit après avoir frappé plusieurs fois sans réponse.

Pietro ne sembla ni l'entendre ni le voir.

Giuseppe fit quelques pas, puis s'arrêta en portant le revers de sa main droite à la hauteur du front :

— Tout est prêt, lieutenant.

Pietro fit un mouvement, comme si ces mots l'eussent arraché à un demi-sommeil.

— Le capitaine Marcello vous attend, continua l'interrupteur.

— C'est bien.

Il prit son schako, mit quelques paquets cachetés dans sa poche, et se disposa à sortir.

— Lieutenant, reprit Giuseppe, après un mouvement ostentible d'hésitation, je voudrais bien causer un instant avec vous...

— Que peux-tu avoir à me dire, mon brave ?.... Allons, parle vite, je t'écoute.

— Tenez, lieutenant, repartit avec abandon le vieux Corse, je ne comprends pas bien tout ce qui se passe ; mais... suffit ; je crains d'être la cause involontaire de quelque malheur.

— Rassure toi, mon bon Guiseppe, tu es étranger à tout cela, toi.

— Gré mille démons !... j'aurais dû vous en parler plus tôt.

— Mais de quoi ?

— Il est peut-être bien tard ; c'est égal, vous le saurez toujours.

— Dépêche-toi ! Voyons : où veux-tu en venir ?

— C'est à vous dire, lieutenant, que le blanc-bec d'à côté me proposa un jour de l'argent pour remettre une lettre à madame. « Pour qui me prenez-vous ? » que je lui fis. »

Et le grognard imitait le ton et le geste avec lesquels il avait accueilli la proposition du jeune homme.

« Je ne reçois de l'argent que de mon maître ; pour les lettres, j'en prends de tout le monde, mais c'est à lui que je les remets. »

— Le capitaine, à qui je confiai l'affaire, blâma ma conduite ; il me dit que si ce jeune homme m'en reproposait jamais, je devais les accepter en les remettant pour le bien du service ; qu'il les lirait, et que d'après cela, s'il était utile de vous en parler, il vous les ferait connaître ; qu'autrement il les jetterait au feu.

Ce qui fut dit fut fait ; avant-hier je lui en remis une.

— Tu fis bien.

Guiseppe reprit :

— Excusez, ce n'est pas tout.

— Explique-toi donc vite.

— Je ne vous en aurais point parlé, lieutenant, si un mot du capitaine ne m'eût rappelé de vieux souvenirs.

Quand je suis allé allumer son feu, comme il me l'avait recommandé cette nuit en rentrant, je m'attendais, d'après ce qui s'était passé, à le voir triste ou du moins sévère, comme il l'est toujours. — Pas du tout : je l'ai trouvé d'une gaîté qui m'a d'autant plus surpris, qu'elle n'est guère dans son caractère, comme vous le savez ; — cette gaîté a commencé à me faire réfléchir.

— Tu te seras trompé.

— Etes-vous bien sûr de son amitié ?

— Qui peut t'en faire douter, toi ?

— C'est que, voyez-vous, lieutenant, deux noms qu'il a prononcés m'ont rappelé, à moi, d'anciennes idées. — J'ai connu vos deux familles, et je puis dire qu'il n'est peu

dans toute la Corse dont les *vendettes* aient plus longtemps et plus souvent joué de l'escopette et du stylet.

Pour ne parler que d'un fait, vous vous rappelez peut-être les soupçons et les bruits qui coururent dans le pays lorsque Jacomo Marcello, — le père même du capitaine, — fut dépêché par une balle partie de l'un des *maquis* qui se trouvaient alors entre Ajaccio et sa villa. Cette balle avait frappé si juste le milieu du front, qu'on l'attribua généralement à votre père. — Si ce fut lui, Dieu seul le sait maintenant ! — Vous étiez encore bien jeune lorsqu'à son tour il fut assassiné en revenant d'une chasse aux mouflons dans les montagnes de l'intérieur. Son meurtrier n'a jamais été découvert. Seulement on remarqua que le coup qui l'avait frappé avait été tiré bien juste : la balle lui avait traversé le cœur. Et Joch Marcello tirait déjà bien alors, et Jo h Marcello n'avait pas encore quitté la Corse.

cEh bien ! ce sont les noms d'Andréa et de votre père que je lui ai entendu prononcer ce matin. Ce n'a plus été de la surprise que m'a causée sa gaîté, mais de la défiance ; cette lettre m'est revenue à l'esprit, et j'ai voulu vous en parler, lieutenant ;... voilà tout !

Pietro ne répondit pas.

La tête baissée sur sa poitrine, les bras croisés, il se reprit à promener lentement par la chambre, plus sombre encore qu'il ne l'était auparavant.

Parti jeune de Corse, son séjour et son éducation en France ne lui avaient point permis, à son retour parmi ses compatriotes, de prendre complètement leur caractère et leurs mœurs ; encore moins d'épouser leurs passions, que réformait déjà la législation française ; il ne paraîtra donc pas étonnant que, malgré la violence de son naturel, son âme fût restée jusque-là étrangère à la défiance que les paroles de Guiseppe venaient d'y faire naître.

Les procédés de Joch, sa conduite diverses fois équivoque, n'avaient point échappé à Pietro ; mais il les avait toujours excusés en expliquant ce qui pouvait offrir une interprétation défavorable, par les brusqueries et l'âpreté de leur caractère national.

Il avait encore remarqué souvent de l'ironie et de la malveillance dans son regard ; mais, au lieu de chercher à s'en rendre compte, il avait préféré les attribuer à un vice d'organisation ; de sorte que sa pensée n'avait fait que glisser sur ces particularités, qui, sérieusement étudiées, eussent pu l'éclairer sur l'affection de cet homme.

Si pourtant il n'y avait aucun soupçon dans le cœur de Pietro, ces divers faits ne l'en avaient pas moins disposé à la défiance.

La révélation de Giuseppe fut un rayon de lumière qui plongea subitement dans sa vie ; mille objets qui se cachaient et qui fussent sans doute restés encore longtemps inaperçus dans l'ombre, se dessinèrent en relief, se colorèrent et se produisirent à ses yeux.

Que devait-il faire ? Demander à Joch une explication, ou ajourner cette explication de quelques heures ?

Sa volonté flottait incertaine, lorsqu'il remarqua que le jour éclairait déjà ses rideaux : c'était l'heure du rendez-vous. Il lui fallait un témoin. Joch était le seul que, dans sa position, il pût choisir. — L'explication fut ajournée.

— Giuseppe !

— Plaît-il, lieutenant ?

— Je te laisse ici ; que surtout madame ne sorte pas avant mon retour..., avant mon retour, entends-tu ?

— Avant votre retour ; c'est dit, lieutenant.

XL

COMME S'INTERPRÈTE UNE CONSIGNE

On ne résiste point aux prières d'une femme. Et c'était sa bonne maîtresse qui était devant lui, des prières sur les lèvres et des pleurs dans les yeux.
Victor Herbin.

Giula attendait-elle ce moment ?

Sans doute : Pietro n'était point sorti de l'hôtel, que, pâle, éplorée, elle entr'ouvrit la porte d'un cabinet, où, seule, sans consolation, sans secours, elle avait passé la nuit dans les angoisses et dans les larmes.

— Giuseppe!

— Madame?

Le bon serviteur ne put contempler sans pitié ce pâle visage qu'avait si profondément convulsionné la souffrance, que les lèvres elles-mêmes avaient perdu toute rougeur; l'incarnat du sang ne lavait que le bord des paupières, dont les beaux cils, longs et noirs, étaient encore collés par les pleurs.

— Il est sorti? reprit-elle faiblement et avec inquiétude.

— Il sort à l'instant, répondit tristement le vieux soldat.

— Pour se battre?... ajouta-t-elle encore.

Sa voix était devenue si basse, si émue, que Giuseppe entendit à peine cette demi-interrogation.

Il éprouva un moment d'hésitation et d'embarras: il pressentait ce qu'il y avait de déchirant dans sa réponse. A l'aspect de cette malheureuse jeune femme, en qui tout alors était douleur : figure, paroles, attitude, accent, il savait que les trois mots qu'il allait prononcer tomberaient sur son cœur avec le poids d'un remords; il eût voulu se taire; mais elle était là, tremblante, qui attendait.

— Pour se battre!...

Giulia joignit ses mains et éleva ses yeux et son visage au ciel.

— O mon Dieu! s'écria-t-elle l'âme brisée, tous les malheurs doivent-ils fondre à la fois sur moi? Mais c'est à en devenir folle! C'est pour moi qu'il va se battre! pour moi qu'il va peut-être mourir! et parce qu'il me croit coupable!... Ce duel ne peut avoir lieu : je suis innocente, mon honneur est intact! Il serait affreux que du sang coulât sur un soupçon, pour un mensonge; cela ne peut pas être; cela ne sera pas : ce jeune homme n'est pas encore parti, il faut que je lui parle.

Et, hors d'elle-même, elle se dirigeait vers la porte.

— Pardon, excuse, dit le soldat.

Il s'était placé devant elle, le dos de la main militairement appuyé sur son bonnet de police.

— Je suis fâché, madame; mais j'ai l'ordre de ne pas vous laisser sortir avant le retour du lieutenant.

Giulia s'arrêta étonnée.

—Il faut pourtant que je voie ce jeune homme, il le faut absolument; la vie de Pietro en dépend peut-être : entends-tu bien? la vie de Pietro! Tu ne voudrais pas être cause de sa mort, n'est-ce pas? de la mort de mon époux, de ton maître? Tu ne le voudrais pas? Laisse-moi donc sortir.

— Je ne connais que ma consigne, madame.

— Tu n'y penses pas, Giuseppe! Ce jeune homme peut partir; où le reprendre? il ne serait plus temps. S'il tue Pietro! cela peut arriver, c'est un jeu pour ces Français qu'un duel; et si, en t'obstinant, tu es cause de ce malheur, tu te désoleras; mais il sera trop tard, il sera mort!... Giuseppe, mon bon Giuseppe!

Giulia était suppliante, et, malgré sa consigne, le bon soldat était attendri.

— Que voulez-vous, madame! je n'y puis rien : j'ai mes ordres.

— Il est encore un moyen, reprit vivement Giulia après un court silence, tu ne refuseras pas...; dis-lui qu'il vienne ici me parler.

Cette demande le surprit.

— Au jeune homme?

— Eh bien! oui.

— Cela ne se peut pas.

— Il le faut! ne fût-ce qu'un moment; mais le temps s'écoule, le moindre retard peut tout perdre; un malheur est si vite arrivé! — Va donc! Si cela dure, j'en deviendrai folle.

Et comme Giuseppe, ne sachant à quoi se résoudre, restait immobile :

☞—O mon Dieu, n'est-ce pas bien horrible que je ne puisse me faire comprendre! Le sort de Pietro en dépend, te dis-je!... Ne m'entends-tu donc pas? Ce jeune homme va sortir. Je n'ai qu'un mot à lui dire, mon bon Giuseppe, un seul mot! tu seras présent si tu le veux, tu l'entendras; mais va donc, si tu ne veux pas me laisser mourir!

Le vieux Corse était trop violemment ému pour résister à ces instances.

—Mille démons! je fais peut-être mal; mais tant pis, ma consigne ne me le défend pas...; et, après tout, que ne donnait-il mieux ses ordres?

XLI

PRIÈRES ET LARMES

Pitié!... Oh! Pitié!
Addisson.

Giuseppe rentra bientôt; Frédéric le suivait.

Ce fut un instant bien terrible pour Giulia, que le premier de cette entrevue.

La douleur, en brisant son âme, avait rendu toute leur puissance aux préjugés qui, semés en elle par l'éducation première, s'y étaient trop profondément développés pour que la voix de Frédéric eût pu les extirper de son cœur sans y en laisser toutes les racines. Sa tendresse avait lutté vainement; elle avait été forcée de fléchir : le mot *honneur* étouffait dans son esprit le retentissement de tout autre sentiment; les serments que lui avaient demandés la religion et la loi, comme une sanction des croyances de sa vie entière, lui inspiraient l'espèce de fanatisme qui lui faisait fouler son cœur sous ses pieds.

Et pourtant elle se serait encore trouvée heureuse de donner tout son sang pour ces affections qu'elle immolait à ses devoirs.

Elle craignit un instant de n'avoir pas la force nécessaire à son sacrifice; ses genoux faiblirent, ses yeux s'emplirent de vertige; un mouvement de sang si violent s'opéra en elle, que, pour rester debout, elle eut besoin d'un appui.

Rouge, la main droite portée sur une console, le bras gauche pendant, la tête inclinée sur sa gorge haletante, ce ne fut qu'en tremblant qu'elle éleva sur Frédéric des regards timides et suppliants, qu'elle laissa retomber aussitôt.

— Je suis à vous, madame.

— Monsieur, reprit-elle, c'est une grâce que je vous demande, une prière que je vous fais avec larmes.

Elle releva les yeux sur lui.

— Vous et Dieu savez si je suis coupable : pauvre femme sans expérience et sans appui, je me suis égarée, voilà ma faute; j'ai été faible. Si cela doit détruire le calme de ma vie, cela ne peut pas me ravir la paix de ma conscience. Mais cette faute, elle deviendrait un crime, si elle devait retomber en pluie de sang sur moi. Du sang! oh! monsieur, n'imprimez point cette tache à ma vie. Du sang! mon Dieu! souillée de sang, que deviendrais-je? Ce n'est point avec des larmes qu'on efface ce qui n'efface pas même les feux de l'enfer. Ayez pitié de moi; ne me punissez pas d'une manière si terrible! Je vous en supplie, ne vous rendez pas à ce duel; vous deviez partir, partez à l'instant; ne faites pas que ce jeune homme porte les yeux sur moi sans vous maudire. — Mais il ne m'écoute pas! O mon Dieu! donnez-moi des paroles qui lui touchent l'âme!... Ce que je lui demande est pourtant bien sacré!... Frédéric, ne vouez pas ma vie aux regrets et ma conscience aux remords : soyez généreux; vous, vous pouvez l'être, car enfin rien ne vous pousse à me meurtre. Savez-vous que c'est une chose bien affreuse que d'être homicide? On ne dort pas avec du sang aux mains, et ce sang rejaillirait sur nous deux. Pitié, monsieur, pitié!

La pauvre femme se laissa tomber à ses genoux.

Frédéric ne s'attendait pas à une semblable prière.

Après cette nuit d'enivrement et d'abandon où, dans l'exaltation de leurs âmes, s'étaient noués leurs deux amours, il avait pensé que, quels que fussent les événements et l'action des hommes, rien, pas même la mort, ne pouvait les désunir. Les lèvres encore frémissantes des baisers de cette femme si religieusement aimée, la tête encore résonnante de ses paroles d'amour, le cœur palpitant et rempli d'une ineffable joie, que tout ce qui s'était passé n'avait qu'allumée au lieu de la refroidir, il dut trouver ces supplications bien inconcevables et bien étranges.

Comment! pas une émotion pour lui! Ces tendresses qu'elle lui avait prodiguées, si dévouées, si consolantes, si bonnes, elle les refoulait en arrière pour les reporter sur l'homme qu'elle avait consenti à abandonner! Pour lui, pas une inquiétude, pas un soupir, pas un mot! tout pour l'autre! Lui aussi allait pourtant s'offrir à la mort pour elle.

Bien que tout lui parût inexplicable, son cœur se resserra douloureusement. Car il avait lu dans l'âme de cette femme, il avait vu ce qu'elle contenait d'affections et de vertus; et dès-lors leurs liens de sympathie s'étaient augmentés de tout le dévouement que l'amour peut puiser dans l'admiration et dans l'estime.

Mais n'avait-il donc contemplé et conquis ces trésors que pour qu'ils lui échappassent aussitôt? N'en avait-il apprécié la valeur que pour mieux sentir toute l'étendue de leur perte?

Cet avenir, qu'à ses côtés, elle appuyée sur son sein, lui la pressant dans ses bras, leurs regards confondus, éprouvant si intimement le bonheur, qu'il débordait de leurs cœurs, de leurs yeux, de leurs lèvres, comme la souffrance, par des soupirs et par des larmes; cet avenir qu'ils avaient rêvé si serein, si beau, qu'ils avaient formé de leurs doux espoirs, s'était-il donc évanoui comme tous les rêves?

Avait-elle donc oublié cette nuit, telle qu'une créature humaine n'en compte jamais deux semblables dans sa vie? L'avait-elle donc oubliée, qu'elle ne trouvait plus en son sein de sollicitude que pour l'autre?

Un frisson mortel lui courut dans le sang.

— Soyez sans crainte, madame; s'il y a du sang de versé, ce ne sera pas celui de votre époux.

Giulia, pâle, anéantie, sentit ses forces l'abandonner à ces mots; elle laissa tomber ses mains, que, dans ses supplications, elle avait jointes; son corps s'affaissa sur ses jambes ployées : le coup que Frédéric lui avait porté par ce froid reproche l'avait si rudement frappée, qu'elle le laissa sortir sans pouvoir lui adresser une parole.

Il ne fit que rentrer dans sa chambre, et quitta l'hôtel.

———

XLII

IL LE FAUT

> Prends garde! Tu ne sais pas tout ce qu'une femme peut trouver de force dans son désespoir.
> *Alboise.*

— Tu le vois bien, Giuseppe, ils vont se battre! O mon Dieu, mon Dieu, ayez pitié de moi!

Et l'infortunée se lamentait, les mains noyées dans ses cheveux.

— N'y a-t-il pas moyen d'empêcher cette fatale rencontre? Ma tête s'égare... Puisqu'il ne m'a pas écoutée, Giuseppe, il faut que je parle à Pietro.

— Défendu de sortir, madame.

— Que m'importe!... vois-tu... Ne t'y oppose pas, ce serait inutile; je suis forte, je sortirais malgré toi : ces deux hommes ne doivent pas se battre; c'est Joch qui a tout fait.

Une étincelle d'inquiétude et de surprise traversa l'œil de Giuseppe.

— C'est bien affreux pour une pauvre femme d'être réduite à faire à un homme de pareils aveux; mais puisque tu m'y forces, je vais tout te dire : Eh bien! Joch a voulu me déshonorer... Il avait surpris une lettre.

— Une lettre!

— Je ne la connaissais pas, je ne l'avais jamais vue... Avec cette lettre, il se croyait maître de moi; et parce que j'ai opposé mon courage à son audace, mon honneur à son infamie, il a voulu me perdre : il m'a accusée; avec des mensonges, il a causé tous ces malheurs.

— Mille démons! s'écria le vieux Corse en serrant sa tête entre ses deux poings fermés.

— Tu vois bien que cela ne peut pas se passer ainsi; que nous devons arrêter ces deux hommes qu'il pousse dans l'abîme; car tu le disais bien ce matin, Giuseppe, Joch trompe mon mari, il se venge; hier, c'était à son honneur; aujourd'hui, il s'en prend à sa vie. Il faut que Pietro le sache; si tu tardes encore, il ne sera plus temps. Partons vite...

— Où sont-ils? reprit vivement le vieux serviteur, qui venait d'oublier sa consigne.

XLIII

UN GROGNARD

> J'aime leur bonne et naïve gaieté.
> *Burger.*

— Voilà deux particuliers qui m'ont tout l'air d'aller se laver la conscience avec des balles.

— Où reconnaissez-vous donc cela, l'ancien? Etes-vous *physiolomiste?*

— Un peu, mon garçon; et puis... l'habitude; il n'y a comme cela pour former l'homme : tu n'auras pas monté la garde deux fois à cette grille, que tu connaîtras cela comme moi.

— Comment donc?

— Soir et matin, vois-tu, on ne passe sur ce pont que par couple; le soir, ce sont des amants, un jeune garçon, une jeune fille, jolis tourtereaux, qui vont roucouler et se becqueter sous ces arbres.

— Et le matin?

— Le matin, c'est différent : les couples se rendent à des tête-à-tête, où l'on ne chiffonne pas plus de collerettes que de jupes.

Le vieux grognard hocha la tête, aussi content de sa périphrase qu'eût pu l'être le périphraseur par excellence, feu M. l'abbé Delille.

— Ça fait compensation, repartit le conscrit, en accompagnant sa bonne grosse malice d'un joyeux sourire; on détruit le matin ce qu'on a fait le soir.

Les deux soldats ne s'étaient point trompés : c'étaient Frédéric et son ami qui franchissaient alors le pont d'Austerlitz.

———

XLIV

LE FAUBOURG SAINT-MARCEAU

> C'est un enfer dont les damnés ont le paradis en perspective avec avec la certitude de n'y pas entrer.
> *Emile Souvestre.*

Le jour se levait, le ciel était pur; une brise fraîche chassait dans l'ouest quelques nuages lourds et isolés, sur les bords et dans les échancrures desquels s'épanouissaient les premiers rayons du jour.

La Seine, grossie par les crues d'hiver, coulait entre ses quais, gonflée, lisse et rapide, sans autres rides à sa surface que celles qui dessinaient ses courants et ses remous.

Frédéric, la poitrine endolorie et échauffée par les agitations de la nuit, respirait avec bonheur cet air frais et bienfaisant, que, comme une haleine de printemps, semblait à son réveil exhaler la nature; mais c'était en lui une impression instinctive, tout involontaire : les souvenirs qui absorbaient ses pensées ne lui permettaient pas de porter son attention sur les objets extérieurs.

Julien (c'était le nom de l'ami qui lui servait de second), Julien avait bien cherché plusieurs fois à rompre son silence ; mais ses questions n'ayant pu établir de conversation entre eux, il avait fini par respecter ses préoccupations.

Ils prirent le boulevard du Jardin des Plantes, sans qu'aucun des sites qui, bizarres ou gracieux, se succèdent toujours pittoresques sur cette promenade solitaire, jetât une seule distraction dans les pensées de Frédéric.

Ils parcoururent d'abord ces lignes de marronniers noueux et tordus, dont la nature décrépite s'harmonie si bien avec la *Salpêtrière*, autre décrépitude elle-même. Frédéric ne jeta pas même un regard à ce vieil édifice, qui semble ouvrir charitablement ses deux bras à la misère et à la vieillesse.

Son compagnon en contempla, d'un air triste, les noirs bâtiments.

Je ne sache, en effet, aucun spectacle qui puisse jeter de plus sombres pensées dans l'âme que cet hôpital des vieillards, dernier monument d'un boulevard dont le premier établissement est l'hospice de l'*Enfant-Jésus*.

Et entre ce berceau et cette tombe du peuple, confiés tous deux à la pitié, que voyez-vous ?

D'étroites rues où des populations livides grouillent dans la fange ; des maisons chétives délabrées, grises, froides, nues, où le travail s'agite, sue tourmenté, jusqu'à ce que, le soir venu, il tombe d'épuisement sur sa paille, pour se remettre à la peine dès le premier lever du jour.

Et puis des hospices ! conséquences forcées des réduits fétides.... de tous côtés des hospices !

C'est la *Pitié*, la maison *Cochin*, la *Maternité*, l'*Hôtel-Dieu*, *Bicêtre*, le *Val-de-Grâce*, que sais-je ? J'en oubliais un, édifice honteux, qui, couché comme un cadavre sur le sol, semble cacher, derrière ses masures, son front rouillé et sa face lépreuse, les *Capucins* !

Et ne croyez pas que ce soit le hasard qui ait groupé sur un seul point tous ces asiles de souffrance, non !

Ces pustules gangreneuses qui se sont ouvertes à la surface du faubourg ne sont que les symptômes du poison qu'un travail sans fin inocule dans ses veines. — Ce sont les humeurs que poussent à la peau les fatigues et le dénûment.

C'est parce que l'union de deux indigences produirait la misère, que le concubinage et la prostitution ont presque fait oublier le mariage dans ces quartiers. Or, le concubinage a nécessité la *Bourbe*, comme la prostitution les *Capucins*.

C'est parce que la jeune fille est sans dot, que l'enfant naît sans père. Pauvre mère ! forcée de gagner son pain de chaque jour, peut-elle donner à son fils un lait que le travail décompose ou tarit ! — Il a fallu l'*Enfant-Jésus*.

C'est parce que le prolétaire boit le lendemain ce que le maître lui donne à la sueur de la veille, qu'il lui faut, après les hôpitaux des malades, l'hôpital des vieillards, la *Salpêtrière* après la *Pitié*.

Voilà donc le revers de ce monde, dont la face n'est que luxe, joie, plaisirs, richesses.

Et puis, pour séparer ce cloaque impur de la cité riche, puissante, et pour en contenir les débordements, Notre-Dame, la Morgue, la Préfecture de police et le Palais !

La Morgue, dont les filets, barrant le fleuve, en écument deux fois par jour les cadavres !

Notre-Dame, qui refoule de sa croix catholique ces populations qu'épie la police, et que la justice contient avec la hache de ses lois !

Mais qu'importe à nos dominateurs et à nos sénats, que leur importe, je vous demande, la Pitié, le Val-de-Grâce, l'Hôtel-Dieu, Bicêtre, etc.? car Louis-Philippe ne possède-t-il pas dix châteaux ? ses domestiques n'habitent-ils pas des palais ? nos croupiers n'ont-ils pas un temple à eux, la Bourse !

Si la fille du peuple se débat sur les grabats de la *Maternité*, la fille du riche en trône-t-elle moins délicieusement dans l'atmosphère lumineuse et parfumée de ses salons ?

On aurait bonne grâce, vraiment, de s'apitoyer sur les *Capucins*, dans cette ville où cent heureux mortels peuvent jeter leurs mouchoirs aux anges des Bouffes ou aux sylphides du grand Opéra.

Soyons justes, tout se compense.

Si l'on eût apprécié les pensées de Julien par l'expression qui s'empreignit sur sa figure, on eût pu croire que ces réflexions, ou du moins quelques réflexions semblables, s'étaient présentées à son esprit ; son regard était devenu sévère, et un air de tristesse avait envahi son visage.

Mais ces idées s'effacèrent bientôt pour faire place à de plus douces images. Son attention abandonna ce faubourg; qui, couché dans sa bauge, étale au ciel tous ses ulcères, pour se reporter sur le délicieux aspect que commençait alors à prendre le boulevart.

XLV

UN BEAU MATIN

Comment l'âme ne s'assérènerait-elle pas au milieu de cette jeune nature où tout rayonne, sourit et chante ? Sa douleur est une note aiguë qui insensiblement s'adoucit et se fond dans cet harmonieux concert.
Madame Amédée Gréhan.

A la nature chétive, caduque, rabougrie des premiers arbres, succédait une végétation énergique, qui rappela au jeune homme, lorsqu'après avoir franchi les hauteurs de la barrière d'Italie, ils descendirent cette colline délicieuse qui verse dans le bassin des Gobelins, qui lui rappela, dis-je, les riches plantations de la Normandie et de la Beauce.

Il est peu de cours et d'avenues qui puissent le disputer à ce boulevart pour le luxe de la végétation et la beauté de la perspective.

C'est une longue allée, large, plane, bordée d'ormes magnifiques, unie comme la sente d'un parc anglais, et qu'une pente douce entraîne mollement dans le vallon où coule la Bièvre.

Les premiers beaux jours du printemps le montraient, ce matin-là, dans tout son éclat et dans toute sa fraîcheur ; les gazons étaient reverdis, la sève de toutes parts s'épandait en feuilles légères de lavis, soyeuses, veloutées, qui frôlaient aux brises, et où chantaient les premiers oiseaux.

Les yeux de Julien s'étaient détournés de cette nature pour se porter vers la ville, sur laquelle s'échappait le regard. Les brumes du matin l'enveloppaient encore de leur voile blanchâtre que déchiraient seuls les faîtes de deux édifices : la coupole pieuse du Val-de-Grâce, et, au-dessus, le dôme du Panthéon, dont le globe doré s'élançait dans le ciel, chercher le premier rayon du soleil, que lui masquaient les échafaudages dont l'avait chargé le pouvoir.

Le juste milieu n'aurait-il pas mieux fait de laisser ce monument à la bergère gauloise, que de l'adopter pour en garder les caveaux déserts ?

Que la république inaugure un Panthéon, bien !

Elle paraît, et la France se jonche de héros ; le dévoûment vient de commun, le génie devient vulgaire, la vertu court les rues, nos sénats éclairent le monde que sillonnent et fécondent nos armées ; nos ordres du jour sont des déclarations de droits et des bulletins de victoires. Glorieuse pléiade, notre démocratie, en s'éteignant, laisse encore assez de rayons dans le ciel pour réchauffer et dorer l'empire. Mais à doctrine, ce nuage opaque sur notre soleil, qu'espère-t-elle donc, elle qui glace notre sol jusqu'à faire douter de l'avenir ?

Un Panthéon ?... bon Dieu ! Qu'en veut-elle faire, je vous le demande ? qu'en a-t-elle besoin ? Serait-ce pour y déposer, par hasard, une épée de sergent-de-ville, ou bien la béquille diplomatique qui s'appelle prince de Bénévent ?

Frédéric, lui, marchait toujours sombre et pensif. S'il levait quelquefois les yeux de la route où ils les tenait constamment attachés, ce n'était que pour les promener un moment sur les objets les plus voisins.

Cependant cette nature sereine, candide, harmonieuse, agissait mystérieusement sur son âme. Ces premières heures du matin, ces premiers beaux jours de l'année, double jeunesse, double réveil, effaçaient presque à son insu les idées dont la douleur avait sillonné son front et son visage.

Les souvenirs reportaient insensiblement ses pensées sur les jours de sa jeunesse, doux et purs comme cette matinée d'avril, jours d'affections calmes, de rêveries, d'études, de paisible tendresse. Les arts et la nature étaient alors ses deux grandes passions, ses deux grands bonheurs. S'il éprouvait quelque émotion à la vue d'une femme; si, après l'avoir vue, de célestes images passaient dans ses songes, ce qu'il ressentait alors, c'était une religieuse ferveur; l'amour, au lieu de délire, lui jetait des extases; au lieu de transports, des ravissements : il aimait une femme comme une madone de Murillo ou de Raphaël, comme une fleur, comme un rayon, comme une étoile, comme tout ce qui était beau ; car son amour en était la poétique synthèse.

XLVI

LES VOICI

> Il y a dans la société comme dans la religion des mystères dont la main de l'homme ne doit point chercher à soulever le voile.
> *Pascal.*

Ils atteignirent la barrière de Montrouge.

Ils s'acheminèrent rapidement sur son étroite chaussée ; et, laissant à droite cette colline toute chargée de moulins à vent, dont les masses de charpente se dressent si pittoresquement sur leur base de moellons pour mieux tendre aux vents leurs ailes de toile, ils descendirent dans les plaines de la Glacière, où ils avaient aperçu les deux officiers.

Le sentier qu'ils prirent occupe la rive gauche de la Bièvre, petit ruisseau qui coule par les prés et par les jardins, sous les branches des osiers et des saules, aux pieds de hauts peupliers, dont les tiges sveltes et élancées forment de grands rideaux de verdure ; puis, traversant quelques guérets, ils eurent bientôt joint Pietro et l'officier qu'il avait choisi pour son témoin : c'était Joch.

— J'ai l'honneur de vous saluer, messieurs, dit Julien en les accostant.

Les deux militaires portèrent la main à leur schako, Frédéric inclina légèrement la tête.

— De quel côté nous dirigeons-nous maintenant? dit Pietro à son tour.

— On serait bien dans ces carrières, répondit Frédéric.

— Allons !

Tous quatre prirent la direction indiquée.

Ils avaient déjà marché quelque temps en silence, lorsque Julien reprit :

— Ne serait-ce pas le moment, messieurs, d'expliquer les motifs de cette rencontre; car il n'est point d'usage, après tout, que l'on s'égorge sans que les témoins sachent pourquoi.

Pietro fixa sur lui un regard où sa fureur se cacha mal sous une froide ironie.

Que lui voulait-on encore ? N'avait-il pas bu assez de honte et de fiel, qu'il lui fallût subir l'affront de ce qu'ils appellent des éclaircissements? Voulait-on le mettre de nouveau face à face avec son déshonneur, ou bien espéraient-ils finir cette affaire avec de douces paroles ?

Il ne dit pas un mot.

S'il ne se sentit point la force de maîtriser sa passion, dont toute explication n'eût pu qu'irriter la violence, il conserva du moins assez de prudence pour éviter cet incident prévu. — Il se tait donc !

Et d'ailleurs, à quoi bon perdre du temps en mots inutiles? Ce qu'il lui fallait, à lui, ce n'étaient point des explications, c'étaient des pistolets et du sang.

Les révélations de Giuseppe avaient fait passer toutes les tortures de l'enfer dans son âme ; la vengeance allumée par l'infidélité de Giulia, puis épuisée un instant par son exaltation même, s'était réveillée plus terrible devant cette trahison nouvelle : c'était la fureur d'un tigre blessé, que viennent de relancer les chasseurs. Sa plaie ancienne s'était envenimée par l'irritation de cette blessure nouvelle ; une victime ne suffisait pas à son âme de Corse, il eût voulu associer Joch et Giulia pour les broyer après tous les trois sous ses talons, comme il eût fait de trois reptiles. S'il éprouve un regret maintenant, c'est que lorsqu'il sera placé devant son ennemi, la balle ne puisse atteindre qu'une poitrine.

Frédéric interpréta mal sans doute l'étincelle de rage dont étoila la prunelle de Pietro.

— Julien, dit-il à son ami, je t'ai déclaré que monsieur, croyant à tort que je l'avais offensé, m'en avait demandé raison : je viens et veux la lui rendre. Voilà tout.

— Mais enfin....

Frédéric l'interrompit :

— C'est un service d'ami que je t'ai demandé ; par égard pour moi, n'insiste pas.

Ils reprirent leur marche rapide, que ce colloque avait d'abord ralentie, puis enfin suspendue.

Un instant après, ils se trouvèrent sur le bord d'une espèce de ravine.

XLVII

SUR LE PRÉ

> Avez-vous tort ? — Faites-en l'aveu et la réparation sans craindre ni rougir. — Avez-vous raison ? — Le duel est une folie : l'assassinat, sans être plus odieux, serait plus logique.
> *Eugène L'Héritier.*

C'était une ancienne carrière à demi comblée de vidanges. Le temps avait recouvert ces décombres d'une herbe épaisse et rase, que le printemps commençait à reverdir ; des buissons tout pourprés de leur floraison hâtive broussaillaient sur les bords, d'où les ronces et les lianes sauvages jetaient leurs vertes draperies sur les pentes brusques et escarpées que les primevères émaillaient déjà de leurs étoiles jaunâtres.

Ce lieu était parfaitement convenable pour un duel ; ajoutez que le fond, en plusieurs endroits, en était plane comme l'aire d'une salle d'escrime.

— Ne pourrions-nous point nous arrêter ici? dit Pietro.

— Il serait bien inutile de nous enfoncer plus avant dans ces cailloux, reprit Julien ; nous ne trouverions point d'emplacement plus favorable.

— Eh bien ! décidez-vous.

— Restons-nous ici ?

— Volontiers, répondit Frédéric à cette interpellation que lui avait adressée son ami.

Et les quatre amis descendirent dans le ravin.

— Avez-vous apporté des armes! demanda Frédéric, lorsqu'ils se furent arrêtés dans un enfoncement où le terrain semblait le plus uni.

— Nous en avons, répondit Pietro ; et Joch tira des poches de sa longue redingote d'uniforme une paire de pistolets d'arçon.

Frédéric jeta une boîte plate et son manteau sur l'herbe. C'était cette même boîte dont les armes brillantes avaient, dans leur nuit d'amour, fixé les yeux et les mélancoliques idées de Giulia.

— Voici une couche de terrain disposée à souhait, dit Julien avec un ton léger, que l'aspect de la mort ne peut chasser d'une jeune tête française.

— Quelle distance prenez-vous?

— Demandez à Monsieur, répondit Frédéric à Joch en indiquant Pietro.

— Dix pas?.... Quinze pas? » reprit Julien avec indifférence.

Pietro le regarda avec étonnement et dédain.

— Nous ne sommes pas venus brûler de la poudre, Monsieur.

— A combien donc?

— A six pas : le coup est sûr.

— Mais ce sera un meurtre !

— Pourquoi donc sommes-nous venus?

— Nous nous battrons à six pas, dit Frédéric avec froideur et fermeté.

— Voudriez-vous mesurer, capitaine? repartit alors Julien; j'irai, pendant ce temps-là, couper deux baguettes pour marquer les places.

Il fut revenu dans un instant; et deux branches, dont les fleurs s'échappaient déjà du bouton, blanches et rosées au milieu des premières feuilles d'un vert tendre, marquèrent les deux endroits sur l'un desquels un homme devait mourir.

— Nous pourrions charger les pistolets maintenant.

— Je suis à vous, capitaine.

Les deux témoins se mirent à achever les dispositions du combat, avec l'impassibilité que l'on apporte aux actes les plus indifférents. Certes, si le lieu n'en eût été un indice certain, personne n'eût deviné, au sang-froid de ces quatre hommes, qu'il s'agissait là d'une querelle où, sur le simple soupçon de ce que l'on est convenu d'appeler *déshonneur*, deux partners allaient jouer leur vie.

Tant de voix éloquentes se sont déjà élevées contre le duel, que l'on ne peut y joindre la sienne sans se faire nécessairement l'écho des raisons qu'elles ont si énergiquement exposées, si judicieusement déduites. Si nous ne croyions inutile de discuter cette question épuisée, certes nous ne manquerions pas de flétrir de toute notre indignation ce préjugé barbare.

Cependant nous sommes forcés d'avouer que notre organisation sociale a créé des positions où le duel ne peut être flétri sans péril; car, à défaut du duel, l'assassinat deviendrait presque une nécessité.

Avec l'honneur matrimonial, tel que l'ont érigé nos institutions, que voulez-vous que fasse l'époux dont la femme, par inconstance de cœur ou exigence de tempérament, a compromis la paix domestique et flétri la réputation?

Les préjugés que vous avez enfoncés dans son cœur lui crient vengeance, et votre législation même paraît l'autoriser en l'excusant.

Peut-il donner, par le scandale d'un procès, le retentissement de la publicité à ce qu'il regarde comme un opprobre à sa vie?

Non.

Quel moyen alors lui reste-t-il de se venger, si ce n'est le duel ou l'assassinat?

Posez un principe faux, et que vos déductions soient logiques, vous roulerez d'erreur en erreur : tant il est vrai que le vice radical corrompt tout dans sa génération forcée.

La solidarité de deux êtres mobiles et divers naît de leur dépendance complète, comme leur dépendance complète de l'éternité de leur union; et voilà un homme qui va offrir son sein à une balle, parce que la loi lui a dit : « Cette femme est à toi, je t'inféode son amour, veille sur elle; car si elle obéit aux affections que l'avenir peut faire éclore dans son cœur, quelle que soit sa conduite, tu seras déshonoré et raillé.

» Vainement pourras-tu interroger tous les jours de ta vie, vainement pourras-tu descendre dans ta conscience et en fouiller tous les replis, sans y trouver un acte, une pensée, — seulement un souvenir, — qui te fasse baisser la tête et rougir; tu seras déshonoré. Tu seras déshonoré alors même que ton passé n'aurait été pour tes concitoyens qu'une longue et belle leçon de dévouement et de moralité!

» En vain encore la nature t'aurait-elle doté de toutes les richesses de l'intelligence et de tous les trésors du cœur; vainement aurais-tu longuement et péniblement mûri ce cœur, fécondé cette intelligence aux rayons de la méditation et de l'étude; en vain l'âge aurait-il paré ta tête de la plus belle auréole qui puisse ceindre celle d'un homme : — les cheveux blancs d'un vieillard sur un front toujours resté pur! tu seras plaisanté, raillé! Le monde te jettera ses sarcasmes, et l'opinion ses mépris! »

Tandis que Frédéric, son chapeau dans une main, et passant, d'un air d'indifférence, ses doigts dans ses cheveux, fixait ses yeux sur une échancrure de la carrière par où la vue s'élançait dans la campagne, Pietro, les bras croisés, regardait avec une sombre attention s'achever les préparatifs du combat.

XLVIII

ou

Une réponse, s'il vous plaît!

Léon Gozlan.

— Le cordon !

Giulia, déjà descendue sous le vestibule, jetait ces deux mots à la concierge d'un accent où certes la vieille portière ne dut point reconnaître la voix douce et claire de la jeune dame, que Giuseppe fermait encore la porte de l'appartement dont sa maîtresse venait de franchir le seuil.

— Le cordon !

Reprit la même voix d'un ton plus vivement imprégné d'émotion et d'impatience, avant que la bonne femme, dont le sommeil avait déjà été interrompu tant de fois, eût satisfait à cet ordre. Elle obéit pourtant en maugréant contre les importuns qui troublaient ainsi la plus grande jouissance, qu'après la lecture d'un roman bien sombre, en couvrant son *gueux*, lui offrissent les huit pieds carrés de sa loge, — tout son monde.

La porte s'ouvrit.

Giulia fut d'un seul bond dans la rue.

Sans savoir clairement les motifs qui lui firent choisir un côté plutôt que l'autre, elle prit rapidement la direction qui la portait vers la Seine; puis, sans plus longtemps balancer, elle remonta le cours de cette rivière en suivant la belle ligne de quais qui la borde dans cet endroit.

La pauvre femme avait compris instinctivement que la voie la plus courte pour sortir de Paris était celle que les combattants avaient dû suivre; ce qu'elle avait entendu de leur conversation lui disait, aussi positivement que la connaissance qu'elle avait du caractère de son mari, qu'ils avaient dû mettre le moins de temps et le moins d'espace possibles entre l'outrage et la réparation.

Cependant, à mesure que l'air frais, en lui frappant le visage, affaiblit l'exaltation où la douleur et le désespoir avaient jeté ses pensées, l'inquiétude vint la saisir.

Où courait-elle ainsi..., se demanda-t-elle enfin, où ?...

Elle s'arrêta pâle; le sang retomba si violemment sur son cœur, qu'elle sentit ses yeux se troubler et ses genoux osciller et fléchir.

S'ils n'avaient point pris cette route !... O mon Dieu !

Et à cette pensée seule un tremblement nerveux fit frémir toutes ses chairs.

Que faire?... Que devenir?... — Les chercher? Mais les préparatifs d'un duel peuvent-ils le lui permettre?... Combien faut-il de temps pour charger deux pistolets? Combien en faut-il à une balle pour parcourir dix pas? Il ne lui restait donc qu'à peine les instants nécessaires pour franchir l'espace qui la séparait du pré dont le sang d'un homme allait rougir et brûler l'herbe... Mais ce lieu, où le trouver?

La malheureuse allait succomber sous cette pensée, qui, désespérante, avait glacé son cœur, lorsque ses regards, en errant autour d'elle, rencontrèrent un des jardiniers dont l'âne maigre et efflanqué vient tous les matins alimenter d'ognons et de carottes les faubourgs de Paris.

Elle s'élança aussitôt vers lui :

— Ne les auriez-vous pas rencontrés? lui dit-elle d'une voix éperdue.

Le pauvre villageois, qui, les yeux attachés sur la croupe aiguë de son baudet, n'avait d'autre soin que de hâter, avec une branche d'osier, la marche pesante de sa monture, fut comme réveillé en sursaut par cette interpellation soudaine.

— Que me voulez-vous ?

Repartit-il assez brusquement en faisant un pas de côté, presque effrayé de l'expression hagarde qui décomposait les traits de cette femme.

— Deux hommes !... deux militaires... ou deux bourgeois... oui, un jeune homme...

Le maraîcher, pour toute réponse, fixa sur elle un regard de surprise.

— Mais, dites-moi donc, reprit Giulia avec reproche, je vous demande si vous avez rencontré ces hommes sur votre route. Au nom du Ciel, répondez-moi.

Il ne comprit pas ce que recélait de souffrance le trouble de ces paroles ; il ne fut que choqué de leur vivacité impérative.

— Si je ne veux pas, moi, vous répondre ! Elle n'est pas gênée, la particulière ! Ne pourriez-vous point, par hasard, parler plus poliment au monde ? Avec son ton...

En prononçant ces derniers mots, il frappa de sa houssine l'âne qui s'était arrêté, et l'animal et son conducteur reprirent tous deux leur marche.

— Hélas ! il ne me répondra point !... Monsieur, je vous en prie...

— Oui, prie maintenant, reprit entre ses dents le jardinier en continuant sa route ; à d'autres ! Ça t'apprendra à être une autre fois plus polie. Attrape !

La pauvre femme, désespérée, plongea la tête dans ses deux mains, et se prit à sangloter ; l'instante du danger fut même quelques instants sans pouvoir l'arracher à sa douleur : elle continua pourtant enfin à parcourir au hasard la route qu'elle avait prise.

Une seconde personne s'offrit à elle : un jeune homme d'une mise propre et sévère ; une redingote noire boutonnée, des cheveux longs, comme les portait avec fureur à cette époque la jeunesse du quartier latin.

C'était un étudiant en médecine qui préparait dans cette promenade matinale son examen de botanique par des travaux d'herborisation.

Il effeuillait en ce moment une de ces fleurs hâtives qui attachait d'autant plus vivement son attention, que, malgré qu'il en eût déjà analysé la corolle, il était encore incertain dans quelle famille la classaient les caractères anormaux qu'il avait remarqués en elle.

— Monsieur, lui dit Giulia d'une voix suppliante, de grâce ! n'auriez-vous point vu passer deux militaires ou deux bourgeois ?

— Je n'ai rencontré personne, madame, hors quelques cultivateurs de la banlieue.

Le jeune homme avait ôté son chapeau et pris sa voix la plus douce pour prononcer ces mots, qu'il accompagna de son plus gracieux sourire.

— Mon Dieu !... reprit la jeune femme avec accablement en joignant ses mains.

— Mais madame est trop jolie pour manquer jamais de cavalier.

Giulia continua sans l'avoir entendu :

— Ainsi vous n'avez vu passer ni un jeune homme, ni deux officiers ?

— Ni officiers, ni jeune homme ; mais si madame veut me le permettre, je serai trop heureux de pouvoir lui offrir mon bras.

La pauvre femme le quitta en lui jetant un regard d'indignation et de surprise. L'étudiant hâta le pas.

— Par cette belle matinée, madame, la promenade sur le boulevard doit être délicieuse.

Giulia précipita encore sa marche.

— Si madame voulait accepter un déjeuner tout champêtre sous une tonnelle : du lait chaud et des œufs frais...

— De grâce, monsieur ; laissez-moi !

Le ton dont furent prononcées ces paroles, et l'expression de mépris que prirent les traits de Giulia, ôtèrent toute espérance de bonne fortune au jeune homme.

— Tiens, est-elle drôle ! murmura-t-il. Ne va-t-elle pas croire plutôt que je vais tomber à ses pieds ? Va te promener !...

Giulia, après avoir continué quelques instants sa course rapide pour se dérober à ces importunités, plus odieuses mille fois que les brutalités du villageois, s'arrêta tout épuisée près du pont d'Austerlitz.

Un petit garçon, placé près d'un paquet confié moins sans doute à sa garde qu'à la vigilance d'un gros chien de race croisée, dogue et molosse à la fois, était assis près de l'une des bornes du parapet des quais.

Giulia l'aperçut ; joyeux enfant, il tenait d'une main une beurrée de sirop dans laquelle il mordait à belles dents, tandis que l'autre était appuyée sur le dos du paisible animal, son défenseur et son ami.

Elle crut obtenir de lui une réponse plus favorable ; mais le pauvre petit fut tellement effrayé de la voix et des traits de cette femme décomposés l'une et l'autre par la douleur, que, loin de répondre à sa demande, il se prit à pleurer et à pousser des cris.

L'énorme chien se dressa en grognant ; ses yeux jaunes roulèrent dans leurs orbites, et se fixèrent sur Giulia avec des regards de menace ; ses noires babines, souillées aux coins d'une bave verdâtre, laissèrent voir leur double rang de crocs aigus.

Giulia recula d'épouvante; le dogue fit entendre un brusque aboiement en allongeant la tête et en se frappant fortement sur ses pattes, comme si elle eût été pour bondir sur elle.

Un des gardiens du pont, ayant heureusement paru à ce cri, vint la protéger contre cette bête, que les cris de l'enfant avaient rendue si terrible.

Giulia, épuisée déjà par ses mortelles inquiétudes et par une nuit de souffrances, sembla près de défaillir sous cette secousse nouvelle ; se sentant chanceler, elle s'appuya contre une espèce de balustre en bois peint qui se trouva près d'elle.

— N'auriez-vous pas besoin de quelque chose, madame ? lui dit le vieil invalide avec compassion et intérêt ; parlez, je suis à vos ordres.

Giulia soupira douloureusement.

— Que voulez-vous, madame ?

Le vétéran comprenant, à l'air souffrant de cette femme, qu'il y avait en elle autre chose que de la peur, fut comme illuminé par un souvenir.

— Ne chercheriez-vous point quelqu'un, par hasard ?...

Ces mots ranimèrent les traits abattus de Giulia.

— Oui, monsieur ; vous les avez vus, n'est-ce pas ?

— Deux militaires ? dit l'invalide.

— Deux militaires, reprit la jeune femme.

— Et deux jeunes gens ?

— De quel côté ?

— Ils ont passé ce pont. — Le gardien de l'autre extrémité pourra peut-être vous donner des renseignements positifs.

Une minute s'était à peine écoulée que Giulia interrogeait l'autre garde.

— N'auriez-vous point vu passer deux messieurs ?

— Faites comme, madame.

Et, comme si le garde eût deviné le désir de Giulia, à l'éclair que cette réponse fit jaillir de sa prunelle, il ajouta ;

— Si c'est eux que vous cherchez, ils ont pris le boulevart de l'Hôpital.

— Merci.

Ce mot prononcé d'une voix reconnaissante, la jeune femme s'élança d'un pas précipité dans la direction indiquée. Elle s'arrêta un instant après avoir atteint les premiers arbres ; ses regards avides plongèrent dans la longue avenue qui se déployait devant elle.

Les rayons du soleil, qui glissaient alors obliques entre les troncs encore noirs, et à travers les feuilles d'avril, satinées et transparentes, semblaient à l'œil soulever dans l'éloignement une poussière dorée; mais, personne ne s'offrit à ses yeux.

Elle reprit aussitôt sa course ; la force lui était revenue avec le courage, et le courage avec l'espérance.

Oh ! oui, puisque le ciel l'avait guidée sur leurs traces, à travers les voies nombreuses qui, depuis son hôtel, s'étaient ouvertes devant ses pas, c'est qu'il avait eu pitié d'elle ; il avait mesuré le châtiment à la faute, et il l'avait au moins sauvée du remords.

Elle courait, et le vent frais du matin, jouant dans ses cheveux, en rejetait les boucles sur ses épaules ; ses joues étaient devenues roses, et son haleine légèrement haletante ; mais, elle ne cessait point de courir.

La sueur se perla bientôt en légères gouttelettes sur son visage ; ses cheveux cessèrent de voltiger, et tombèrent en mèches humides sur ses tempes et sur son cou ; sa respiration s'oppressa, son flanc devint douloureux ; mais, comme elle n'apercevait personne, elle courait, courait toujours.

Ses perplexités renaquirent un instant dans son âme, lorsqu'elle se trouva près de la barrière. Étaient-ils entrés dans la campagne par cette issue ? Avaient-ils continué de suivre le boulevard !

Un douanier, avec son inamovible redingote verte à bouton d'étain, la main armée d'une lame de fleuret, qui affectait des airs de sonde, se tenait debout près de la grille : elle s'adressa à lui.

Personne n'était, depuis longtemps, sorti de Paris par cette barrière.

Elle continua donc plus rapidement encore sa marche ; mais, ses pieds, que cette course avait fait se gonfler dans ses étroits brodequins de prunelle, s'étaient autant endoloris que son côté où un point s'était déjà déclaré depuis quelques instants. Chaque fois qu'ils heurtaient quelques pierres ou quelques aspérités du sol, elle éprouvait des souffrances atroces, qui retentissaient jusqu'à son cœur. Elle commença à redouter que ses forces, vaincues par tant de douleurs, ne l'abandonnassent, si cette course durait longtemps encore.

Elle était presque épuisée, ses genoux chancelaient sous elle, lorsqu'elle atteignit la seconde barrière.

— Je ne pourrais vous dire ; nous avons autre chose à faire, ma belle dame, qu'à remarquer les passants, fut la réponse que fit assez brutalement, à la demande qu'elle lui adressa d'une voix affaiblie, un des pacifiques soldats que le peuple affuble du nom de gabelous par un arrière-souvenir des mœurs féodales de la gabelle.

Cependant, une espèce d'instinct sembla révéler à Giulia la route que les quatre combattants avaient suivie. Après un instant d'hésitation, elle franchit la barrière.

Elle se trouva sur la chaussée de Mont-Rouge.

XLIX

DUEL

> Mon Dieu ! j'avais des choses si puissantes à vous dire avant de vous voir... et maintenant que je vous vois, je n'ai que des larmes...
> *Alex. Dumas...*

Les deux combattants sont en présence ; le terrain étant horizontal et plain, on n'a point été forcé de tirer les places au sort.

Pietro, le corps effacé, offre à son adversaire son côté droit, qu'il couvre et protège par la disposition prudente de son pistolet et de son bras.

Frédéric se présente de face ; son air est triste, mais calme, si calme même, qu'à travers semble percer une sorte d'insouciance ; le pouce de sa main gauche est passé dans la poche de son pantalon ; son bras droit pend et tient le canon de son arme renversé vers la terre.

— Avant de vous écarter, un mot, messieurs.

Ce fut aux témoins que Frédéric adressa ces paroles, prononcées d'une voix brève :

— Ne croyez pas, poursuivit-il, que je veuille reprendre des explications que j'ai étouffées moi-même lorsqu'elles étaient demandées par mon ami : non, rien désormais n'empêchera ce combat ; mais, il est une observation qu'en ce moment, où rien ne peut l'influencer, je dois renouveler à monsieur, devant vous : sur mon honneur, le sien est intact.

— Allons donc ! répondit Pietro, pâle de colère, ne vous apercevez-vous pas que ces paroles ne peuvent avoir qu'un résultat contraire à celui que vous en attendez : finissons, je vous en prie, de toutes ces protestations inutiles.

— Tout est dit, monsieur, tirez ! je suis à vous.

— L'usage et la justice, reprit Julien, veulent que le hasard décide de cet avantage.

— Soit, dit Pietro.

Julien prit une pièce de cinq francs, et, la jetant en l'air :

— Que choisissez-vous, lieutenant ?

— Face !

La pièce tomba entre les deux combattants ; les témoins s'approchèrent.

— Vous avez perdu : à toi de tirer, Frédéric.

Et comme Frédéric restait immobile, Joch ajouta :

— A vous, en effet, monsieur, l'avantage.

— Je ne puis en profiter : monsieur se prétend insulté, je ne tirerai point le premier sur lui.

— Vous ne tirerez point le premier !

La voix de Pietro prit, en prononçant ces paroles, un ton aigre et menaçant ; ses sourcils se froncèrent à ne former de leurs deux arcs qu'une ligne tourmentée.

— Que signifient à la fin tous les incidents qui viennent à chaque instant se jeter dans cette affaire ? Voulez-vous définitivement vous battre, ou bien espérez-vous, par tous ces moyens, vous soustraire à un combat ?

— Je me suis mis à votre disposition ; mais, je vous déclare que je ne tirerai pas d'abord.

— Eh bien ! je tirerai le premier, moi.

Il n'avait pas armé son pistolet, qu'une femme échevelée, hors d'elle-même, apparut sur le bord du ravin.

Une singulière expression torturait sa figure, où la douleur et l'épuisement de la hâte confondaient la sueur et les larmes ; ses traits délicats étaient gonflés et déformés par le sang qu'y avait conjeté la rapidité de sa course ; la respiration s'échappait saccadée et bruyante de sa bouche entr'ouverte ; tous ses vêtements flottaient en désordre.

— Arrêtez ! de grâce ! s'écria cette pauvre femme d'une voix déchirante, arrêtez !

Tous les yeux se portèrent vers elle.

C'était Giulia !

Frédéric pâlit ; le mouvement de muscles qui bouleversa les traits de Pietro exprima d'une manière effrayante tout ce que son cœur sentit, à cet aspect, fermenter de rage.

Elle, précipitant encore ses pas, vint tomber, haletante, aux pieds de son époux.

— Est-ce donc l'enfer qui vous amène ici, madame ?

— Mon Dieu !... reprit-elle en s'attachant à ses genoux... il est encore temps !... Merci, mon Dieu !

Sa respiration et ses sanglots entrecoupaient sa voix, d'abondantes larmes s'échappaient de ses yeux et baignaient ses joues.

— Venez-vous encore m'apporter de la honte, malheureuse ?... Retirez-vous.

— Non... il faut que je vous parle... Ce duel ne peut avoir lieu... nous sommes victimes d'une machination infâme...

Pietro, hors de lui-même, jeta vers le ciel un regard terrible.

— Mais, écoutez-moi donc !... ou vous ne vous battrez pas, quand je devrais m'attacher à vos habits... me jeter entre vos armes. Écoutez-moi donc, enfin !...

Et comme son mari avait rebaissé ses yeux ardents sur elle :

— Mais, que devais-je lui dire... j'avais tant de choses, pourtant... Ô mon Dieu ! m'abandonnerez-vous ?... Ma raison s'égare... Frédéric !...

— Misérable ! s'écria Pietro en grinçant les dents, veux-tu donc que je te mette en pièces ?

— Faites !...

Elle retomba à genoux.

— Mais, je vous en supplie, pas de combat !... Grâce ! grâce ! que je ne sois point la cause de la mort d'un homme.

— Et c'est moi que tu conjures de ne pas verser de sang ? Te voilà à mes pieds : tu l'aimes donc, infâme ! que c'est pour lui que tu trembles !

— Au nom de Dieu, il n'est pas coupable. S'il y a quelqu'un de criminel, c'est moi, c'est moi seule ! Faites retomber sur moi seule votre vengeance ; frappez-moi, me voilà ! je la suis prête !...

Et la malheureuse, toute délirante, ouvrait ses bras et offrait sa poitrine.

— Tu l'avoues donc !... ton opprobre... Eh bien ! oui, tu mourras la première !...

Deux ressorts de batterie grincèrent à la fois ; une détonation se fit entendre : ce n'était point Pietro qui avait tiré ; à l'instant où il allait frapper Giulia, une balle l'avait atteint dans la poitrine.

— C'est du droit que m'avait donné le sort, dit Frédéric d'un air sombre.

Pietro, après avoir chancelé un instant, tomba sans mouvement sur le gazon.

— Malheureux ! qu'as-tu fait ?

Et poussant un cri déchirant, Giulia se précipita sur le corps de son époux.

L

EST-ELLE COUPABLE ?

Nos lois ont fait des agents de
destruction de tous les éléments
de bonheur social. La perturbation
et la haine débordent des sources
d'où ne devraient couler sur le
monde que dévouement et qu'harmonie.

J.-J. Vignerte.

Les témoins accoururent; on écarta aussitôt les vêtements qui cachaient la plaie. Bien qu'au premier abord
Julien l'eût reconnue mortelle, il prodigua au blessé tous
les soins que, jeune docteur, ses connaissances chirurgi-
cales lui permettaient de lui offrir.

Une saignée abondante, pratiquée au bras, eut pour effet
immédiat de faciliter aux organes de Pietro leurs fonctions
vitales. Frédéric soutenait le buste du mourant, Julien et
Giulia lui prodiguaient, l'un les secours de l'art, l'autre,
malgré le médecin, tous ceux que lui inspirait sa tendresse.

— O mon Dieu ! mon Dieu !

Ces mots inarticulés s'échappaient avec sanglots de son
cœur brisé.

La connaissance revint enfin à Pietro; ses yeux, s'étant
arrêtés sur Giulia, s'en détournèrent avec une expression
de haine qui se refléta dans ses traits mourants.

— Retirez-vous !... retirez-vous !

Ce furent les premiers mots que prononça sa voix éteinte,
et, de sa main affaiblie, il s'efforça d'écarter Giulia; mais
cette malheureuse femme le saisit et le baigna de ses
larmes.

— Grâce ! grâce ! Pietro ! ne me repoussez pas; ma place
en ce moment est auprès de vous; je suis votre épouse, je
n'ai point profané ce titre. Si je me suis accusée, je ne sa-
vais ce que je disais alors, d'affreux pressentiments déchiraient mon cœur, le désespoir égarait ma pauvre tête. —
J'étais folle ! Mais vous ne m'avez pas crue, n'est-il pas vrai,
que vous n'avez pu me croire criminelle, Pietro ? je suis
toujours digne de vous. Est-ce que, si j'étais coupable, je
pourrais, sans rougir, prononcer devant vous le mot honneur ? serait-ce possible, dites ? Pourrais-je, sans mourir
de remords, supporter en ce moment votre regard ?

Il sourit avec amertume. Elle continua :

— Il ne me croit pas; que faut-il donc lui dire ? C'est horrible : être innocente, et sentir le déshonneur qui vous
écrase sans pouvoir le soulever et le jeter loin de soi !...
Que ne pouvez-vous lire dans mon âme, Pietro ! vous la
trouveriez pure; car, après tout, je suis innocente, je vous
le jure !

— Cette lettre...

D'un signe de sa tête il indiqua Joch.

— La lettre !... Oh ! voilà ce que j'avais redouté; j'avais
bien pressenti qu'avec cette lettre il me perdrait. J'ai eu un
tort, Pietro, c'est de n'être pas allée me jeter à vos pieds :
j'eusse dû tout vous conter, j'eusse dû vous dire : Mon ami,
j'ai été imprudente, et la calomnie veut faire un crime de
ma faiblesse. Juge entre ses accusations viles et la voix de
ton épouse, qui vient tout t'avouer à tes genoux; mais l'effroi a troublé ma raison, a glacé mon âme... et j'allais me
jeter dans un abime pour échapper au déshonneur; car il
faut que tu le saches, Pietro, pour que tu me pardonnes;
il faut que tu saches que c'est lui, ce Joch, ce misérable,
qui a voulu m'avilir. Comment s'est-il procuré cette lettre ?
je l'ignore; mais c'est en me menaçant de te la remettre,
qu'il a voulu me déshonorer. Si tu ne te livres pas à moi,
m'a-t-il dit, je te perds. Il me fallait choisir entre la honte
ou le malheur; je n'ai pas voulu de la honte, et l'infâme
m'a accusée auprès de toi. Voilà tout, Pietro, tout !... Suis-je
donc coupable ?...

Une étincelle de rage raviva subitement l'œil du blessé.

— Joch, dit-il en faisant un effort pour se soulever, tu
l'entends... elle t'accuse...

— Cela doit être, c'est un moyen qui lui restait encore
de se justifier.

— Laissez-moi un instant, messieurs, dit Pietro en s'ef-
forçant de se dégager des bras de Frédéric; il existe dans
tout cela un bien atroce mystère. La mort me donnera-t-elle
le temps de l'approfondir ?

Joch, reprit-il d'une voix sonore et ferme, tu sais que la
haine de nos familles ne fut pas l'histoire d'un jour, elle fit
ruisseler bien du sang entre elles.

Il s'arrêta, puis il reprit :

— Assez de sang pour que l'on crût qu'elle s'y était
éteinte; aussi, quand je te serrai la main, ces souvenirs
s'étaient-ils effacés de mon cœur : tu n'avais rien oublié,
tai, lorsque tu m'offris ton amitié.

L'épuisement le força de faire une nouvelle pause. Il
continua avec effort :

— Joch, pourrais-tu me dire quel fut l'assassin de mon
père ?

— Pourrais-tu m'apprendre, toi, quel fut le meurtrier
du mien ?

Pietro, dont cette question, en dissipant tous les doutes,
avait brisé le cœur, laissa d'abord tomber sa tête sur sa
poitrine; ce ne fut qu'un moment après qu'il poursuivit
d'un ton moins assuré, mais plus sombre :

— Si nos pères se sont haïs, du moins ceux-là même qui
condamnent leurs passions ne peuvent flétrir leur mémoire ;
il y avait du courage dans leurs vendettes, et dans leurs
âmes de la grandeur. Leur vie fut un long combat où aucun jamais ne parla de trève; mais toi, tu t'es présenté hy-
pocritement à moi, des mots affectueux aux lèvres et de
l'amertume au cœur; tu as feint de me lécher pour plus
sûrement me mordre : Joch, tu as agi comme un lâche !

— Un lâche !

La rage et l'orgueil blessé changèrent si subitement la
physionomie de Marcello, que le voile de dissimulation,
dont son front était toujours couvert, sembla s'écarter, et
laissa entrevoir son âme.

— Ah ! ce serait un lâche, celui qui trouverait en lui
assez de force pour cacher, durant des années entières,
toute sa haine sous un sourire; assez de patience pour se
nourrir de fiel jusqu'à ce que l'instant se présentât d'accomplir le legs de ressentiment que lui aurait transmis le cadavre de son père !

L'accent avec lequel il prononça les mots suivants révéla, ainsi que la contraction de ses traits, une espèce de
joie féroce. —

— Si j'avais eu ce courage-là, moi, je trouverais le prix
de mes longues souffrances dans cette pensée seule : malgré les chaînes de leur civilisation, j'ai su enfin accomplir
ma vendette !

— Oui, mais tu ne te la rappelleras pas deux fois... A
mon tour !...

Pietro réunit en ce moment les forces brisées que lui
laissait encore l'approche de la mort. Il se redressa comme
si sa blessure se fût soudainement refermée. Le pistolet,
que n'avait point abandonné sa main convulsive, prit la
direction du capitaine; le coup partit aussitôt.

Les deux Corses tombèrent sans mouvement sur la
terre.

La balle avait frappé Joch au cœur. Pietro avait usé,
dans ce dernier transport, le peu de vie que lui laissait sa
blessure. Giulia voulut en vain, à force de tendresse, rap-
peler le sentiment au corps de son époux; il se raidit
et se glaça sous ses larmes.

— O mon Dieu ! s'écria l'infortunée quand on voulut l'éloigner de ces lieux où gisaient deux cadavres, mes yeux au-
ront-ils assez de larmes, mon cœur assez de remords pour
laver ces taches de sang que la fatalité a fait rejaillir sur
ma vie !

LI

AU CIMETIÈRE

Rien ne peut renouer ces liens rompus.
Chatterton.

Quatre ans se sont écoulés depuis cette catastrophe. —
Giulia et Frédéric ne se sont rencontrés qu'une fois, et rencontrés par hasard. — Quelle rencontre !

Ce fut deux jours après le duel fatal.

Frédéric était sorti dès le matin de son hôtel, et n'y avait point reparu de tout le jour; il avait voulu se soustraire aux impressions que la cérémonie funèbre, qui devait avoir lieu, eût infailliblement soulevées dans son cœur.

Un détachement militaire était venu prendre la bière où reposait le cadavre de Pietro, pour rendre aux épaulettes de l'officier le dernier honneur. Un homme, les traits tirés, les yeux rouges, vieillard que deux jours de remords et de douleur avaient plus cassé que ses longues années, avait suivi le cercueil du jeune exilé, et lui seul, le vieux Giuseppe, le bon serviteur, avait jeté de l'eau bénite et des larmes sur la dépouille mortelle de son jeune maître, et sur la terre glacée où l'étranger allait dormir son dernier sommeil.

Les heures de la journée s'étaient bien lentement traînées pour Frédéric; cependant, lorsqu'il quitta son ami, appréhendant encore le moment de rentrer dans son hôtel, sollicité d'ailleurs par la beauté de la soirée, il se laissa aller à ce besoin de mouvement et de bon air que l'on éprouve lorsque l'on a souffert tout un jour dans l'immobilité et l'isolement.

Il suivit le cours de la Seine, qu'il ne quitta que pour les jeunes allées du boulevard de l'Est.

Le ciel était calme et serein, la soirée avait une mansuétude douce à une âme ulcérée, comme l'air tiède de l'automne l'est à la poitrine d'un jeune mourant.

Le soleil se couchait dans une brume légère, ses derniers rayons baignaient l'atmosphère des plus suaves tons où la laque puisse se dégrader dans le blanc d'argent et l'outre-mer. L'air calme, le ciel pur, la nature paisible, harmoniaient vaguement leurs voix dans un bruissement à peine modulé d'oiseaux qui chantent, de brise qui frôle, de feuilles qui murmurent.

Frédéric marchait jouissant de ces belles heures, autant que l'on peut en jouir lorsque l'âme, fatiguée de souffrir, s'affaisse sans pensée, et laisse le corps à la perception extérieure des nerfs.

Ayant rencontré sur la droite une vaste enceinte, parc de verdure et de fleurs, il y était entré sans remarquer les urnes qui se cachaient sous les roses, les colonnes et les obélisques qui se dressaient parmi les acacias et les cyprès, sans s'apercevoir des émanations fades qui se mêlaient aux brises de parfums, — haleine de la tombe corrompant l'haleine des fleurs.

Insensible à tout cela, il avait déjà parcouru plusieurs allées, lorsqu'il s'arrêta subitement, hagard et tremblant comme un homme que l'on arrache, par un sursaut, au sommeil.

Il se trouvait près d'une fosse fraîchement comblée; de l'autre côté, à genoux et la tête inclinée vers la terre, une jeune femme, — Giulia — enveloppée d'un crêpe long et épais, se tenait dans une immobilité si complète, qu'on eût pu la prendre pour une statue d'un tombeau.

Frédéric, immobile lui-même comme un marbre, tenait depuis longtemps ses yeux attachés sur elle, lorsque, tirée par l'impression froide du crépuscule, de cette absorption douloureuse, elle le rencontra, du regard, debout devant elle.

Son premier sentiment fut une émotion de terreur superstitieuse, dont l'expression se perdit bientôt sur sa figure pâle, dans l'assombrissement d'une mélancolie funèbre. Maîtrisant la lutte qui s'agitait peut-être dans son cœur, elle se leva, s'enveloppa dans un long cachemire noir qui la dessinait de ses plis soyeux, et s'éloigna en jetant sur le jeune homme un long regard qu'elle reporta vers le ciel.

Ils ne se sont pas revus depuis.

LII.

DEUIL

Ces douleurs-là se transforment, mais elles ne s'effacent point. Le front garde ses rides et le cœur ses blessures.

Frédéric Du Vorsent.

Les peines morales sont comme les souffrances du corps: vives d'abord, elles se calment sous l'influence consolatrice du temps. Sans doute que le cœur saigne encore longtemps après le coup qui l'a brisé; qu'il faut plus d'un jour pour qu'une cicatrice en ferme la blessure; mais à l'angoisse première succède une douleur moins vive, la crise se passe, l'irritation diminue, et les tourments aigus tombent dans l'atonie d'une affection chronique.

C'est ce qui devait advenir à Frédéric; c'est, en effet, ce qui lui est advenu.

Plus de trois mois se sont écoulés depuis la scène reproduite dans le précédent chapitre.

L'espèce de prostration, où, après quelques jours de désespoir, la souffrance avait fini par plonger son âme, avait à la longue entouré son cœur de découragement, son front de tristesse, sa vie d'isolement et d'ennui; tout s'était atrophié en lui, la tête et le cœur, l'âme et le corps.

Ses journées s'écoulaient entières dans l'obscurité de sa chambre, où les persiennes et de doubles rideaux constamment fermés laissaient à peine filtrer une douteuse clarté.

Tous les liens qui l'enchaînaient auparavant à la société, il les avait dénoués, sinon rompus. Les artistes, que des relations de goût et de sympathie appelaient chez lui ses parents, ses amis eux-mêmes étaient arrêtés sur le seuil de son hôtel par l'inflexible: « Monsieur est à la campagne, » par lequel la vieille concierge répondait aux demandes des visiteurs.

Julien seul s'était soustrait à la rigueur de cette consigne; encore ce fut-il exclusivement comme docteur qu'il obtint d'abord la faveur de cette exception.

Ce jeune homme, dont les prescriptions médicales étaient longtemps restées impuissantes contre le délabrement où s'éteignait chaque jour davantage la santé de son ami, conçut le projet de puiser le remède à la source même de la maladie; de chercher dans l'âme un réactif contre l'épuisement de ce corps que l'âme avait brisé.

— Frédéric, lui dit-il, dans une de ses visites où l'accablement de celui-ci lui parut moins profond, tu me connais assez pour que je n'aie pas besoin de te dire combien je respecte ta douleur; mais sais-tu qu'elle pourrait devenir coupable au milieu des événements qui s'accomplissent chaque jour autour de toi?

Frédéric, à demi couché sur un divan, éleva un regard triste sur Julien, assis dans un fauteuil auprès de lui.

— Sais-tu bien, continua le docteur, que si je te connaissais moins toute ta générosité, je pourrais voir, sous ta tristesse maladive, un bien étroit égoïsme.

— Que se passe-t-il donc? répondit celui-ci d'une voix faible et plaintive.

— De tristes choses!..

En élevant la main droite et les yeux au ciel.

« Dieu veuille qu'elles n'en amènent pas encore de plus tristes! »

Frédéric le regarda avec étonnement.

— Notre belle révolution, vois-tu, n'a fait que mettre du sang sur de la boue; notre drapeau tricolore est déjà si souillé, que l'on pourra bientôt douter si la France a changé de couleurs.

— Que veux-tu?

Il haussa les épaules et regarda son ami avec tristesse.

— Ce que je veux! L'amant aurait-il donc complètement étouffé le citoyen dans ton cœur, que mes paroles n'y éveillent que cette question froide? Frédéric, n'est-ce donc pas un crime de prendre ainsi en oubli les souffrances de son pays, lorsqu'il se cabre chaque jour sous l'éperon du maître dont, à peine libre, on l'a rebâté aussitôt?

— Que puis-je y faire? »

Et après une courte pause:

— Pauvre ruine de moi-même, lui donner mon dernier souffle? Oh! vienne le jour où mon sang pourra lui être utile, et Dieu sait avec quel bonheur je le verserai pour lui! »

Il s'arrêta encore un instant, et reprit avec un soupir :
— Mais que ce jour vienne vite!

Julien ayant fait un mouvement pour l'interrompre par quelques paroles encourageantes, il étendit sa main blanche et maigre vers lui, et ajouta, comme s'il eût deviné les mots d'espérance qu'allait prononcer son ami :
— Oh! va, je ne lui ferai pas un grand sacrifice : sur ce divan ou sur une barricade, tout sera bientôt fini pour moi.

Julien, désolé de la tournure que cette conversation avait prise, s'efforça de calmer, par des expressions affectueuses et rassurantes, le désespoir qu'il révélaient ces sombres pensées. Ce ne fut que le lendemain qu'il put s'applaudir du résultat de sa tentative, lorsque Frédéric le pria de lui procurer quelques brochures et quelques journaux.

———

LIII

UN FEUILLET DE POLITIQUE

Régner! voilà le secret de ce concert de sanglots et de malédictions qui s'élève de la cendre des générations éteintes.
Byron.

Un beau jour du mois de juillet, un de ces jours dont les feux brûlent une trône comme ils fanent une fleur, Frédéric, renfermé dans sa chambre, était assis dans un grand fauteuil en maroquin rouge, fauteuil à la Voltaire, dont la mode commençait à meubler le boudoir de la jeune femme et la chambre de l'artiste.

Son coude gauche s'appuyait sur une table à thé en acajou, dont les pieds de griffon foulaient une peau de tigre; sa main droite froissait convulsivement un journal; plusieurs autres feuilles politiques se trouvaient éparses sur le tapis rouge à noires arabesques, dont la marbre de ce guéridon était recouvert.

Un rayon de soleil, dont la lumière se tamisait pour ainsi dire, et se dorait en plongeant à travers des rideaux de percale d'une légère couleur chamois, tombait en ce moment sur la figure de ce jeune homme, dont il accentuait singulièrement les traits contractés par une pensée de douleur et de rage.

Frédéric venait de parcourir avec avidité un trimestre du *National*, dont il tenait encore dans sa main la dernière feuille, en repassait les événements dans son âme désolée, comme on recueille les souvenirs d'une évocation sinistre.

Cette France, trois jours si grande, et puis un jour si belle, lorsque, la main gauche sur la garde de son épée, la main droite sur son cœur, sous ses pieds les débris d'un trône pour tribune, elle parlait au monde de liberté, — qu'en avait-on fait? qu'était-elle devenue?

La malheureuse! les deux bras garottés derrière le dos, les deux genoux dans la fange, sa tunique, dont la brutalité avait rompu la ceinture, souillée de taches de vice et d'éclaboussures de sang, elle courbait en ce moment devant les rois d'Europe son front pâle de faim et couvert de leurs crachats.

Et ces peuples, grands cadavres, que sa voix avait ranimés comme la voix du prophète la plaine d'ossements, eux aussi, qu'étaient-il devenus?

Modène tremblait devant son trône ducal, devenu plus ensanglanté qu'un échafaud.

L'Espagne râlait, étranglée par le chapelet de ses moines.

La Belgique agonisait.

Partout trônait la tyrannie dans une imbécillité sanguinaire ou dans sa machiavélique férocité.

Don Miguel, pour qui toute qualification, quelque odieuse qu'elle soit, ne peut être qu'une flatterie.

François d'Autriche, vieillard stupide, dans le linceul duquel l'aristocrate Metternich voudrait rouler et coudre trois peuples.

. . . .

. . . .

Ces lueurs et ces images traversèrent sa pensée comme les fiévreuses apparitions d'un cauchemar.

Enfin, il se leva brusquement, et, les bras croisés, les yeux fixés au parquet, il se promena un instant dans sa chambre.

Une révolution complète venait de s'opérer en lui. Le regard qui se dégageait de ses yeux comme une étincelle électrique, répandait un reflet de passion sur ce visage, où l'habitude de la douleur avait stéréotypé une atone expression de souffrance; l'indignation avait comme galvanisé ce corps, dont un long abattement avait allangui les membres dans les énervements du marasme.

La foi politique, à la propagande de laquelle il s'était consacré, avait repris toute sa puissance sur son cœur, qu'avait tellement et si irrésistiblement envahi l'amour d'une femme, qu'il y avait noyé tous les autres sentiments.

Le dévoûment à l'humanité, cette étoile dont les vertus ne sont que des rayons, cautérisa toutes les plaies de son âme avec sa flamme pure et sacrée.

Il comprit que, quels que fussent ses malheurs, un citoyen ne pouvait se soustraire à ses devoirs en s'enveloppant dans son infortune; que l'individu, faisant toujours partie de cette société dont l'action protectrice ne cesse aucun instant de veiller sur lui, il ne peut sans crime se soustraire aux obligations qui sont la conséquence de cette protection continuelle; que sa vie doit être un long acte d'abnégation, une abnégation de tous les instants qui l'assimile au corps social dont le dévoûment universel est la vie.

Quelques jours après, sa voix douce, et pourtant ferme et retentissante, faisait vibrer des mots de vengeance, dans une de ces réunions où la patrie comptait déjà ses enfants les plus dévoués.

———

LIV

UNE PAGE D'HISTOIRE

Ils ont cru des Trois Jours évoquer les merveilles,
Les chants républicains sonnaient à leurs oreilles,
Et le saint oriflamme à leurs regards brillait;
Mais en serrant vingt fois leurs colonnes trouées,
Au ciel ils ont levé leurs têtes dévouées,
Et n'ont pas reconnu le soleil de Juillet!
A. Attaroche.

Cette première exaltation s'effaça bientôt dans des convictions dont la réflexion et l'expérience vinrent régler et refroidir l'enthousiasme. La parole ardente du tribun disparut sous la voix conciliatrice de l'apôtre; ce ne furent plus des cris de haine et d'anathème, mais des mots de fraternité et d'oubli.

« Nos pères, disait-il un jour, ont accompli la partie terrible, celle de la destruction, dans notre grande œuvre révolutionnaire. Ah! loin de les maudire comme font les scélérats ou les insensés, bénissons-les et remercions le Ciel : car ils ont labouré et nivelé la terre, où nous n'avons plus, nous, qu'à semer ces principes d'égalité et d'amour que les rayons de la république doivent faire germer et fleurir. »

Puis, quand se leva le jour néfaste où l'apôtre devient martyr ; quand il crut le moment arrivé où ce n'était plus à la voix, mais au mousquet, à proclamer la religion nouvelle, il ne balança point à s'élancer là où l'appelaient ses convictions.

Deux jours entiers, la bouche noire de poudre, le cœur et la tête enivrés d'enthousiasme, il combattit pieusement pour la cause à laquelle il avait voué sa vie.

Puis vint l'heure de mourir. — L'espérance avait fui l'étroit espace où *les soixante* s'étaient retranchés, et, déployant ses ailes d'azur, elle les avait précédés dans les cieux.

Le canon, dont les boulets et les biscaïens avaient longtemps sifflé et ricoché sur les pavés, venait de cesser ses grondements sinistres. Une forêt de baïonnettes se pressait et s'agitait au débouché des rues, à travers lesquelles elle allait bientôt rouler ses flots d'acier.

Un silence religieux planait sur cette barricade, qui n'offrait plus d'abri à ses défenseurs mutilés ; quarante-cinq hommes, presque tous sanglants, se trouvaient encore sous sa protection impuissante ou aux fenêtres des maisons qui la dominaient, tous résignés ; car, n'espérant plus la victoire, ils ne voulaient plus de la vie : ils voyaient, sinon avec sécurité, du moins avec calme, s'avancer la catastrophe de ce drame dont ils devaient être les victimes.

Un bruit de tambours, un pas de charge se fit entendre : la troupe, s'ébranlant comme un seul homme, s'élança à pleines rues vers eux.

Ce fut alors un instant d'indicible émotion parmi les combattants, qui, pour la plupart, dans l'âge où tout sourit dans le monde, où tout chante dans l'âme, où la vie n'est qu'amour, l'avenir que bonheur, virent s'avancer la mort immédiate et certaine. Ce ne fut pourtant ni regret, ni crainte, ce fut en eux de l'enthousiasme et de la ferveur ; tous sentirent leur cœur brûler et leur corps tressaillir lorsque le tocsin s'éveillant inattendu dans la vieille basilique, dont la religieuse architecture étendait sur eux son ombre, leur jeta, comme en pleurant, son glas lent et sourd ; tous comprirent à cet hymne des funérailles qui, comme un appel d'en haut, semblait leur tomber du ciel, que ce moment pour eux l'instant suprême.

Tous les combattants, — les blessés et les mourants eux-mêmes, — se redressèrent à cette voix de la tombe, à cette voix du Ciel ; et un chant républicain, autrefois accent d'espoir et de victoire, chant d'adieu, chant des cygnes en ce moment fatal, s'élança de toutes les bouches et de tous les cœurs.

Les voix allaient répéter le quatrième vers de cette invocation, lorsqu'elles furent interrompues par ce cri magique sorti de leurs rangs :

« Halte ! »

Toutes se turent ; on n'entendit plus que le grincement de la batterie des fusils et les sons du tocsin, qui continuaient à dégoutter tristement sur eux.

La troupe était arrivée à la ligne de pavés, au-delà de laquelle tout soldat devenait pour les insurgés un ennemi.

La troupe continua de marcher.

« Halte ! »

Reprit plus énergiquement encore celui qui avait déjà prononcé ce commandement.

La troupe marcha toujours. La barricade resta silencieuse jusqu'au moment où la même voix jeta le mot :

« Feu ! »

— Vive la république ! »

Ce cri, qui s'élança vibrant de toutes les poitrines, ne précéda que d'un instant une explosion qui enveloppa les jeunes patriotes d'un nuage épais de fumée ; un feu terrible leur répondit, une grêle de balles siffla et tourbillonna sur la barricade.

Frédéric éprouva une si brusque et si violente commotion, que ses yeux se remplirent d'éblouissements, et qu'une impression de froid parcourut à la fois ses reins et ses tempes ; son fusil s'échappa de ses mains, il tourna deux fois sur lui-même, et tomba raide sur les pavés.

LV

UN PROSCRIT

> Ses anciennes blessures se rouvrirent sous cette douleur nouvelle.
>
> *Madame Sophie Gay.*

Le lendemain, il pouvait être six heures du soir, lorsque Frédéric reprit connaissance. Il se trouvait sur un matelas, dans un réduit dont la froideur humide lui causa la première impression que lui laissa percevoir le retour de la faculté de sentir.

Une lumière, placée sur un baril dressé un bout en terre, luttait faiblement contre l'obscurité dans les parties les plus voisines de cette vaste pièce, à laquelle les objets dont elle était confusément encombrée donnaient, à travers l'ombre, l'aspect d'un magasin.

Julien était assis, triste et silencieux, près de son ami. Une paire de pistolets, placée au milieu de quelques instruments de chirurgie : une sonde, une pince, un tire-balle, révélaient ses intentions, dans le cas où le malheur aurait fait découvrir leur retraite.

Dans cet instant, une vieille femme entra d'un air mystérieux et d'un pas furtif.

— Ne bougez pas, dit-elle d'une voix étouffée au jeune médecin, à qui elle fit un geste de prudence ; ne bougez pas, ils sont encore revenus.

Julien saisit ses pistolets. — Elle souffla la lumière ; tout tomba dans l'obscurité.

On entendit des voix, dont chaque instant apporta d'abord plus clairement, et plus vaguement ensuite, les paroles ; puis une porte, qui avait été brusquement ouverte, se ferma avec bruit, et tout rentra dans le silence.

Bien que la blessure de Frédéric fût si grave, qu'au premier moment son ami l'avait crue mortelle, quelques jours de soins actifs mirent le jeune artiste en état de supporter un voyage, rendu nécessaire par la visite de la police.

Une élégante berline, masquant de son domino aristocratique le blessé du peuple, l'emporta loin de ce foyer de la civilisation du monde.

Ce fut dans les cantons républicains de la Suisse qu'il fut chercher un asile.

Une des jolies petites villas, bâtie sur une langue de terre, et dont le toit rougeâtre se mire dans les eaux bleues du lac de Constance, où leurs blanches murailles baignent leurs pieds, fut la retraite que les conseils de Julien firent choisir au jeune malade, au jeune artiste.

Julien ayant prévu le retour moral qu'après ces douloureux froissements devait subir Frédéric, lui avait fait choisir ce frais et riant séjour, afin qu'il agît sur son âme, par l'aspect de cette belle nature, en même temps que le bon air des montagnes agirait sur son organisation.

Ses prévisions se réalisèrent.

La santé de Frédéric ne se rétablit néanmoins que bien lentement. L'absorption douloureuse où le plongeaient ses souvenirs s'opposait à tout rapide progrès : sa blessure semblait même, quoiqu'arrivée à une guérison presque complète, changer son irritation contre une atonie incurable.

Julien conseilla à son ami de chercher quelques distractions, en parcourant les gracieuses et sauvages beautés de sa nouvelle patrie et des contrées voisines, et, après quelque hésitation, parvint à l'y décider ; mais le cœur de Frédéric était trop brisé pour que ce voyage eût sur lui une influence bien puissante.

« Le lieu dont je te date ma lettre, écrivait-il quelque temps après à Julien, sous la suscription : *Lausanne*, l'apprendra que je me conforme à tes bons et chers conseils.

» Je voyage; mais, te l'avouerai-je? l'insensibilité avec laquelle je contemple les admirables perspectives que me déroulent, avec tant de grandeur et de variété, ces montagnes amoncelées, pyramides de verdure, de granit et de glace, m'ôte toute confiance en leur efficacité.

» Si j'éprouve quelques émotions qui me jettent dans le cœur un peu d'espoir et d'oubli, c'est dans les causeries intimes de quelques bons Suisses, dignes fils de leur Tell. L'autre jour pourtant, une espèce de pèlerinage, pieusement fait avec un de nos jeunes compatriotes, proscrit et réfugié comme moi, m'a jeté un de ces bonjours de soleil qui nous réchauffent et nous éclairent l'âme.

» Nous trouvant dans les environs du château de Chillon, pèlerins patriotes, nous voulûmes visiter la prison d'un martyr.

» Le 8 octobre, nous voguions sur ce beau lac Léman, miroir limpide qu'encadrent au midi une terre de moissons, d'herbes et de fleurs; au nord, un amphithéâtre de montagnes, dont les gradins, verts d'abord, vont s'appuyer sur une dernière marche de glace et de neige; beau lac, sur le bord duquel des cités et des villages semblent mollement assis comme de jeunes baigneuses qui s'invitent à descendre dans l'eau.

» Il était neuf heures du soir, la nuit était close, si toutefois l'on peut appeler nuit ce demi-jour de perle que la lune répand sous ce ciel étoilé de l'Italie et de la Suisse, et dont les molles clartés veloutaient, en les assombrissant, les eaux bleues.

» La brise du soir, qui tombait fraîche des montagnes, était si légère qu'elle moirait à peine la surface du lac. Cette ondulation rendait le spectacle ravissant; le mouvement léger des lames faisait fascayer, sans la troubler, l'image des étoiles que reproduisait le lac limpide, en sorte qu'il semblait agiter dans son flot un gravier d'or.

« Nous rasions de si près la côte, que la voix des grillons et le parfum de la végétation parvenaient jusqu'à nous, lorsque Benjamin me tira de la rêverie où m'avaient fait tomber insensiblement les impressions de cette belle nuit : nous venions de doubler une petite pointe, et le château de Chillon, dont les rayons de la lune baignaient et badigeonnaient les murailles, s'était offert soudainement à nous.

» Ce château, ancienne prison savoisienne, arsenal aujourd'hui du canton de Vaux, fut fondé en 1250.

» Au commencement du XVIᵉ siècle, Genève, électrisée par le mouvement social que le onzième avait excité en France, le douzième dans la Lombardie républicaine, le quatorzième dans la Trinité cantonale que formèrent Schwitz, Uri et Unterwalden, voulut à son tour opérer sa transformation sociale. Des hommes dévoués se levèrent parmi ses fils ; mais, trahis par des intrigues bourgeoises, ces nobles voix s'éteignirent dans les supplices. Bonivard descendit dans les profondeurs de cette cage de granit, tandis que Pécolat, craignant que les tortures de la question ne lui arrachassent les noms de ses amis, coupait sa langue entre ses dents et la crachait à la face de ses bourreaux ; Berthelier, lui, sommé sur l'échafaud de demander pardon au duc, répondit avec calme et mépris : « C'est aux criminels

» à demander pardon, et non pas aux citoyens vertueux:
» que le duc demande pardon à Dieu, car il m'assassine! » et il posa sur le billot.

» Bonnivard! voilà le nom qui sanctifie ce vieux château, où rien n'appellerait l'homme de bien ni l'artiste sans la consécration de ce souvenir.

« Car, que peut offrir de remarquable comme monument ce monceau de pierres jeté entre ce lac magnifique, et ce magnifique amas de rochers? Rien, et pourtant quel voyageur ne quitte pas sa route pour accomplir un pieux pèlerinage à ce cachot? Que de noms gravés sur ses piliers et sur ses murs ! que de grands et beaux noms !... J.-J. Rousseau, Byron, Dumas, etc.; que sais-je ?

» C'est que, vois-tu, la vertu étend sur un édifice une plus belle aurore encore que le génie; l'homme révère plus intimement ce qui est grand qu'il n'admire ce qui est beau; c'est que le cœur bat plus vivement sous un noble souvenir que devant un chef-d'œuvre. »

. . . .

Quelque temps après l'époque à laquelle Frédéric écrivit cette lettre, des symptômes de liberté éclatèrent dans plusieurs parties de l'Italie. Tous les petits états qui s'étendent du pied des Alpes jusqu'au delà du Tibre, semblèrent s'agiter comme les tronçons d'un serpent qui cherchent à se rejoindre. Naples même, jetant un sourd murmure, sembla

prête à ouvrir un cratère démocratique auprès du cratère de son Vésuve. Beaucoup de proscrits quittèrent à cet appel les montagnes de la Suisse pour offrir de nouveau leur sang à la cause sacrée qui les avait déjà fait mettre au ban des rois.

————

LVI

LE CLOITRE

On n'implore les cieux que pour l'être qu'on aime;
Si l'on veut mériter le céleste séjour,
C'est pour y retrouver l'objet de son amour.
Mademoiselle Delphine Gay.

Giulia avait en vain demandé le calme de l'âme à la solitude du cloître et au silence du sanctuaire ; les rêveries de la cellule et les méditations au pied de l'autel n'avaient fait que gercer son cœur.

Si vous avez remonté la longue et étroite rue Saint-Jacques, par-delà le quartier latin, qui, aussi fier de ses jeunes populations que honteux de ses noires masures, farde chaque jour de plâtre et décrasse au lait de chaux son front ridé et son visage gothique, vous aurez peut-être remarqué ce lourd portail église et hôtel mi-partie, que désolides portes de chêne d'un vert sale ferment de leurs battants cloués et bardées en fer; alors vous connaissez la maison, je ne dis pas le couvent, des dames de Saint-Michel.

C'était là que Giulia s'était réfugiée.

Coupable aux yeux du monde, cette jeune femme avait cherché un lieu où la société l'oubliât en attendant que la mort voulût se souvenir d'elle. L'espérance que Dieu, à qui son âme était connue, absoudrait une passion allumée et purifiée par le malheur, lui avait fait choisir ce cloître, qui n'avait plus d'autre porte pour elle que celle qui s'ouvre sur la tombe.

Les consolations de la religion semblèrent pourtant d'abord rester sans puissance sur Giulia. A la noire mélancolie qui, durant les premiers jours, voila son front et ses pensées, succéda une crise violente où l'on craignit pour sa raison, après avoir longtemps craint pour ses jours.

L'épuisement dans lequel la laissa cette longue maladie, fut si complet et si profond, que son intelligence et sa vie semblèrent deux flammes vacillantes que chaque souffle faisait flotter et pouvait éteindre.

Un incident pourtant lui rendre quelque énergie, ce fut une lettre que Frédéric, prêt à quitter la France, lui adressa comme un adieu.

On connaîtra le caractère de cette lettre par ce court passage :

« Oh! oui, Giulia le ciel nous avait créés l'un pour l'autre; la tyrannie des hommes a seule séparé nos âmes jumelles, que des liens de félicité devaient unir ; mais, comme moi, vous avez compris — oh! merci ! — vous avez compris que nulle autre flamme ne devait profaner nos cœurs sanctifiés par un chaste amour; vous avez, âme poétique, reporté pieusement vers le ciel cette affection sacrée que j'ai vouée, moi, à une autre religion pour laquelle, pauvre proscrit, je souffre et fais maintenant. Vous voyez, Giulia, que je ne suis pas heureux dans mes amours; mais il est un pressentiment qui me suit sans cesse et que j'aime, c'est celui d'une prochaine et belle mort, celui d'un saint martyre : oui, je l'aime ce pressentiment, car je n'ai pas oublié le rendez-vous que, durant notre nuit fatale, vous m'avez donné dans l'éternité. »

La lettre dont nous extrayons ce court fragment ne quitta plus le sein de la jeune valétudinaire, que pour passer dans ses mains et sous ses yeux.

Toutes ses souffrances s'effacèrent sous les rêves que

soulevait dans son esprit cette lecture, et dans le consolant espoir qu'elle fît descendre et luire dans son cœur. Elle devint calme, si calme même, que le médecin de la maison put croire quelque temps que la douleur n'avait pas encore desséché et tari toutes les sources de la vie dans ce faible corps.

LVII

AU DERNIER RAYON DE L'AUTOMNE

O mon Dieu! dans ton sein reçois ces deux martyrs.
Alfred de Vigny.

Un soir, sur la fin de l'automne, — une de ces belles soirées qui baignent tous les objets dans une atmosphère où la terre et le ciel semblent unir tout ce qu'ils ont de plus douces choses : la terre, les derniers parfums de ses fleurs ; le ciel d'octobre, les derniers beaux rayons de son soleil, — Giulia, que la décadence rapide de sa santé avait retenue depuis plusieurs jours dans sa chambre, voulut profiter de ces doux instants pour jouir encore une fois de l'aspect de la nature, à la verdure mourante de laquelle une voix intérieure lui disait qu'elle ne devait point survivre.

Elle avait trop présumé de ses forces : des lueurs bleuâtres n'avaient point tardé à faire fascayer ses regards ; une chaleur interne, puis d'irrésistibles bâillements, puis des oscillations dans les jambes lui firent sentir que le bras de la jeune sœur, madame Sainte-Camille, n'était plus pour elle un suffisant appui.

La sœur Sainte-Camille était une de ces jeunes enfants que d'aristocratiques calculs, secondés par des séductions hypocrites, arrachent à la société, dans laquelle elles devaient trouver et donner le bonheur, pour les ensevelir à jamais dans la vie glacée du cloître ; infortunées qui, abjurant un monde qu'elles n'ont entrevu qu'à travers de sacriléges mensonges, changent leur robe de fête contre la bure monastique, leur voile nuptial contre un pâle suaire !

Cette jeune fille, âme de tendresse, de candeur et d'ignorance, s'était attachée d'elle-même à Giulia, attirée sans doute vers elle par le charme mystérieux qui fait rechercher aux fleurs la poussière des ruines et la terre des tombes.

Elles s'étaient assises toutes les deux sur un banc formé de racines et de branches vernies, artistement entrelacées. Au-dessus d'elles, des jets longs et menus de rosiers du Bengale et multiflores, s'unissaient aux sarments encore fleuris d'un jasmin et de quelques chèvrefeuilles.

L'instant était délicieux : l'air avait la pureté d'une soirée d'été sans en avoir la tiédeur stagnante, la fraîcheur d'une matinée de printemps sans la piquante âpreté de sa brise.

Le vent d'octobre avait donné au feuillage une richesse et une variété de tons qui eût pu illusionner les yeux jusqu'à faire de chaque arbre un grand bouquet de fleurs, si les feuilles qui s'en détachaient n'eussent rappelé à chaque instant combien cet éclat était éphémère.

Le ciel s'étendait au-dessus dans toute sa magnificence ; son occident, où se confondaient les couleurs les plus vives, eût pu donner une idée des pompes que déploie dans ses soleils couchants le beau firmament des tropiques.

C'était une de ces calmes soirées d'automne, où la nature mourante semble encore tristement sourire en murmurant son adieu.

Giulia ne put longtemps en jouir ; l'espèce de défaillance qui l'avait forcée de s'asseoir ne se calma que pour livrer son corps à des frissons qui semblaient presque lui être communs avec la nature ; chacun des légers tremblements qui agitaient ses membres paraissait se prolonger dans les frémissements que le vent soulevait par intermittences.

Leur sort, en effet, était le même : pâles et déflorées l'une et l'autre, sentant l'une sa vie, l'autre sa sève au cœur, toutes deux n'attendaient plus qu'un souffle, la feuille celui de l'hiver, Giulia celui de la mort.

S'il y avait plus de sérénité encore dans les traits de la jeune femme que dans l'aspect qu'offrait la nature, c'est

qu'elle ne redoutait pas l'engourdissement de la saison froide : la brise qui allait l'emporter devait la déposer dans un monde meilleur ; c'est que, si elle mourait, c'était pour éternellement refleurir.

Giulia avait regagné péniblement sa chambre, se jeta sur un canapé, où elle retrouva un instant de calme et de respiration libre. La fenêtre était ouverte, les derniers feux du soleil, plongeant dans l'appartement, venaient s'épanouir sur le front de la jeune Corse, dont ils rosaient la pâleur.

— Ma sœur, dit-elle d'une voix presque éteinte à madame de Sainte-Camille, mes journaux ne sont-ils point sur ma table ?

— Pardon, madame.

Et les lui offrant :

— Les voici.

Giulia les prit, puis, les ayant retournés dans ses mains, sans en avoir rompu les cachets, elle les remit à la jeune religieuse.

— Voudriez-vous, ma bonne sœur, m'en lire quelques passages ?

Ayant remarqué un mouvement d'hésitation sur son visage :

— Cela vous contrarie peut-être..... je comprends..... laissez.....

— Pardon, madame ; bien que notre règle nous défende d'ouvrir l'oreille aux murmures du monde que le hasard peut apporter jusque dans notre retraite, il m'en coûterait beaucoup plus à vous refuser qu'à lui désobéir. »

Giulia la regarda avec reconnaissance ; Camille brisa la bande de l'une des feuilles, et, après s'être assise, lut le titre du premier article.

— *Servilité ministérielle.*

— Passez cela, mon amie ; ces tableaux honteux ne doivent pas souiller vos pensées. Après ?

— *Chambre des Députés.*

— Passez encore.

— Plus rien.

Elle prit une autre feuille : c'était un journal suisse.

— *Manœuvres et projets de la sainte-alliance.*

— Lisez.

— «Il est certain maintenant que les ambassadeurs des trois grandes puissances du Nord, auprès du gouvernement fédéral, ont reçu de leurs cours respectives des notes alarmantes pour l'indépendance helvétique ; on parle de mesures rigoureuses exigées contre les patriotes à qui nos cantons ont ouvert leurs montagnes hospitalières. »

Giulia poussa un soupir.

— Qu'avez-vous ?

— Rien, mon amie.

— Souffririez-vous davantage ?

— Non.

— Pourquoi donc soupirez-vous ?

— Oh ! ce n'est pas sur moi.... c'est sur ces malheureux.

— Comment ! vous avez pitié de ces hommes, les ennemis des rois, et par conséquent de Dieu !

— On vous les a dépeints tels.... pauvre enfant ! Tenez, ma fille, car j'ai assez vécu pour vous appeler ainsi : je ne puis vous tromper, moi... quel intérêt aurais-je à cela...? je vais mourir. Eh bien ! si ces malheureux, qu'on vous a représentés comme des hommes de haine et de sang, n'étaient que des hommes de paix et d'amour ; si, errants et persécutés comme les premiers apôtres, ils ne l'étaient que pour avoir proclamé aux hommes le grand mot que le Christ, le premier, fit retentir sur la terre : *Fraternité !*

— Mais, madame, que nous disent nos saints directeurs ?

— Hé ! ma fille, Jésus-Christ fut-il plus respecté par Caïphe que par Ponce-Pilate ?

La jeune fille baissa les yeux, comme si elle eût entendu un blasphème. Après un instant de silence elle reprit sa lecture :

— « Ces projets trouvent, du reste, leur confirmation dans les nouvelles qui nous parviennent de toutes les parties de l'Europe. Le czar continue, avec le knout et la hache, son œuvre de pacification, commencée avec le sabre ; l'âge ne trouve pas même grâce devant lui : des enfants sont arrachés aux bras de leurs mères, et déportés en masse dans les déserts glacés de la Sibérie.

» De nouvelles arrestations ont jeté la terreur dans toutes les Universités d'Allemagne.

» Il n'est pas jusqu'au petit duc de Modène, que tant de lauriers sanglants n'empêchent de dormir : chaque jour nous apprend quelques-uns de ses juridiques assassinats : c'est, un proscrit français, dont notre correspondant nous apporte aujourd'hui la mort sublime. Frédéric.... »

Avant que la religieuse eût pu achever le nom, Giulia qui, par un mouvement nerveux, s'était soudainement redressée, avait pris le journal des mains de la jeune fille, et après l'avoir parcouru un instant de ses yeux hagards, les avait relevés vers le ciel en laissant échapper la gazette.

Sainte-Camille, comprenant instinctivement tout ce qu'il y avait de douleur dans le mouvement qui s'opéra sur le visage de son amie, tomba tremblante à ses genoux. — Madame, lui dit-elle d'une voix douce et palpitante, prions pour lui.

— Ma sœur, priez pour deux, lui répondit Giulia. Et, prononçant ces paroles, elle tomba en arrière sur les carreaux du canapé.

Le soleil disparaissait alors derrière les hauteurs boisées de Saint-Cloud; l'âme de la jeune Corse sembla s'envoler avec son dernier rayon.

FIN

VERSAILLES.— IMPRIMERIE CERF, RUE DU PLESSIS, 59.

www.ingramcontent.com/pod-product-compliance
Lightning Source LLC
Chambersburg PA
CBHW061704180626
46818CB00003B/1257